五湖四海

王安憶

後社會主義「經濟人」發達史

——王安憶《五湖四海》

◎王德威

一九八〇年初皖北小城，二十來歲的年輕人張建設來到中國農業銀行供銷合作總社。他風聞政府推出農村聯產承包制，准許人民小額貸款，在維持社會主義公有制的前提下，自立營生。張建設出身船戶，父母雙亡，岸上無立錐之地。他四處漂泊，卻不甘安於現狀。聯產承包制為他開了一扇門，得以將小船換為機動船，從此打開一片天地。

一九七六年文化大革命結束，動盪之後，迎來「新時期」。這是一個天翻地覆的時刻，官方依然大權在握，但民間窮極生變的力量已蠢蠢欲動。安徽地區首當其衝，一九八〇年的「大包幹」爭議即發生於此。「改革開放」還是「繼續革命」，姓「社」還是姓「資」，為公還是為私，兩派僵持不下。星星之火，可以燎原，這一有關社會主義經濟的辯論瞬即影響各地。以後數年整個中國迎向另一種生產模式，再幾經轉折，形成具有「中國特色」的後社會主義市場經濟制度。一九九三年，家庭承包責任制被寫入《中華人民共和國憲法》。

時勢造英雄，張建設就是在這樣的機緣下脫胎換骨。他的崛起充滿寓言意義。江淮之間的水道湖泊縱橫穿叉，他長年穿梭其中，似乎也摸索出了四通八達的門道：「吃水上飯的，多少都有五湖四海的氣勢。」藉著國家新制度，他一步一步發家致富。從小船到大船，從單幹到船隊，當水上運輸模式式微，他上岸了，往日的船戶轉以拆船為業，再轉戰房地產業。當江淮二三線城市已經不能滿足他的胃口，他沿長江而下，來到上海，甚至到了江口的崇明島。海外創業，指日可待。

《五湖四海》篇幅不大，卻有史詩氣魄。王安憶藉著張建設一個人的冒險，她要寫出一個時代的變遷，又何嘗沒有回首自身來時之路的感喟？小說所描寫的皖北地區正是文化大革命時期，她作為上海知青、「志願下鄉」的所在。那些年裡數以千萬的知青遠離家鄉，參與農村生產建設。青年王安憶的經驗如此刻骨銘心，以致有了日後的《隱居的時代》。她感慨知青來去四面八方的聚散浮沉，殊不知同輩的在地人張建設卻在另一條命運的軌道上力爭上游。

再往回看，「五湖四海」有其紅色典故。一九四四年九月，毛澤東在延安發表《為人民服務》演講，稱「我們的共產黨和共產黨所領導的八路軍、新四軍，是革命的隊伍……我們都是來自五湖四海，為了一個共同的革命目標，走到一起來了。」五湖四海，萬里江山，為「共同的革命目標」呼群保義，何等波瀾壯闊！《為人民服務》頌揚因公殉職的紅軍戰士張思德（一九一五—一九四四），毛澤東藉「五湖四海」召喚八方志士，犧牲奮鬥。多少年後，王安憶藉著「五湖四海」啟動另一種感覺結構。蒼山如海，殘陽如血，一眨眼革命世代已去，沒有了聖人張思德，取而代之的是商人張建設。一種新的世界秩序正在形成。

張建設生於五十年代末。一九五八年，國家開始第二個五年計畫，進一步落實土地分配制、國營工業化。那也是大躍進、人民公社的年代，多快好省，公而忘私。這場運動來去有如暴風驟雨，耗盡了張建設父母那一代的心力，接踵而來的文革動亂更幾乎動搖國本。

張建設的成長艱苦備嘗，然而努力不懈。他的勇氣與運氣不無舊小說「發跡變泰」英雄的特徵，也有著「紅色經典」典型人物的痕跡；他彷彿是新時期《創業史》的代言人。但王安憶別有用心。她寫張建設如何「建設」自己，一步一步，幾乎水到渠成，既沒有紅色經典那套思想階級鬥爭，也不見人物性格的多重組合。張建設只有一個心思，就是改變生活現狀，過上好日子。當日子開始富裕後，他幾乎本能的開始累積資產。「沒有目標，只有計畫。計畫的第一步，也是基本的一項，就是地。」

張建設從水上到路上的遷移，構成《五湖四海》主要辯證。水上生活居無定所，卻承諾了相對從容的生活空間。然而一九八〇年那天早上，張建設「整整衣褲，提一個人造小包」來到城裡合作社申請貸款時，他的命運軌道便開始了轉變。「離開水道，天地變得寬廣，似乎沒有邊際，陡然間，人被解放了，同時，也生出渺茫，不曉得前面什麼等著。可是，一步一步走過去，自然看得見，他信的就是這個。」放眼看去，小城街道縱橫複雜，人車雜沓，說不盡的喧囂活潑。這還是改革開放初期，要不了多久，陸地城裡景觀丕變，高速公路、商業到大樓將席捲江南景觀。張建設自己也投入重新打造陸地的大潮中。

王安憶描寫張建設「登陸」後，遍嘗投資風險與利益，其中奧妙不啻是門高深學問。憑著眼界和機警，他穩扎穩打，總能化險為夷。王安憶筆觸平實客觀，讓我們難以判斷張建設的行為究竟是出自資本主義的本能，還是社會主義憧憬的墮落。要緊的是，小說已經為一個新時代「經濟人」（*homo economicus*）的出現，埋下伏筆。

這個「經濟人」是理性的動物，目標在於追求自身利益或效用的最大化。十九世紀約翰・史都華・密爾（John Stuart Mill，一八〇六－一八七三）指出它的特徵：「經濟人」的活動不以國家社會福祉為前提，「而專注於財富追尋，並以達成目標的效率為判準。」[1]「經濟人」的能量不在胼手胝足的勞作，而在精打細算，製造利己的資本循環。換句話說，他善於創造並利用「剩餘價值」，從實在的勞動關係裡生出虛擬的交易價值，將之無限擴大，也因此獲得利益。在這層意義上，張建設從勞動階級出身，卻有著交易投資的天賦。他審時觀事，為自己也為家人創造利潤——即幸福。

我們還記得社會主義時代裡，「毫不利己，專門利人」曾經是革命倫理——

與革命經濟學——的信條。從張思德到雷鋒，一系列的榜樣無不標明這一人與人，人與物的信條。張建設「倒沒有改寫歷史的遠大目標，他向來還是拜世道所賜，八十年代開初，所有物權都在重新定性定量，事實上就是再次分配，變通的渠道很多，左右逢源。」[1] 這是萬物甦醒的年代，一股不可遏抑的新倫理、新經濟狂潮已經蠢蠢欲動。到了一九九二年鄧小平南巡後，在國家領導人的背書下，市場開放，資本動員，有社會主義特色的市場經濟體系終於成為世紀末中國最重要的現象。

然而張建設的發達史是否有其局限？從水上到陸地，他雖然生財有道，價值觀仍根植於傳統產業。他對土地的執著不啻重演「有土斯有財」的邏輯，殊不知後

1 John Stuart Mill, "On the Definition of Political Economy, and on the Method of Investigation Proper to It," *Essays on Some Unsettled Questions of Political Economy*, 2nd ed.(London: Longmans, Green, Reader & Dyer, 1874), essay 5, paragraphs 38 and 48.

資本主義早已邁入虛擬模式，越過實物交易，成為數字與時機的遊戲。作為敘事者，王安憶在小說的後半段隱隱點出主人翁未來命運的不可測。

同樣重要的是，王安憶一再提醒讀者，張建設的進化史還留有尚未蛻變完全的痕跡。張建設幹練精明，卻沒有樣板資本家想當然耳的氣息。他是個平凡人，明白苦日子的滋味，對家人朋友有情有義，對往日生活每每流露鄉愁。他將事業開發到崇明島，一方面完成由江河入大海的憧憬，一方面竟出自對故鄉的懷念：

崇明那地方，就好像去過似的，地土風水人情，都很相近，不看大的，只看小處，有一種草頭餅，你知道是什麼？苜蓿，他們叫紅花草，用來肥田的，搗成漿，和進麥麵，揉緊了，拍扁，上籠隔水蒸，吃過嗎？都吃過，叫名不同，籽籽松，荒年裡的口糧！草木同種同族，地方呢，他們的「堡」，南堡，北堡，固堡，我們叫「鋪」，頭鋪，三鋪，十里鋪，漢字卻是一個，

「堡」！我們省有「三河」，他們有「三江」，這樣就明白了，因為水的緣故，我們這些人，就認水！東南西北，江河湖海，水流到處，就是我們的家！

《五湖四海》如果只寫了張建設一個人的發達史，未免僅止於寓言小說格局。事實不然。小說另有一個主人公——張建設的妻子修國妹。小說其實是從修國妹的角度開始。修國妹同樣生長於船家，與建設的姻緣一拍即合。她與丈夫生兒養女，共同打拚，終於家成業就。然而修國妹在張建設創業期的描述裡並不居顯眼地位。隨著小說發展，她的視角重新主導敘事方向。也從這裡，王安憶發展出系列情節副線，包括修的父母、弟弟、妹妹，張的弟弟和友人在開放大潮中的浮沉經歷，還有與建設一雙兒女的成長……。

這些情節副線，坦白說，充實了小說的寫實氛圍，卻沒有對張建設的商場征戰起到推波助瀾的功效。相對的，過多的生活細節、家長裡短，反而讓敘事的節奏顯得拖沓起來。張建設、修國妹安排兒女接受良好教育，結果平平無奇。他們的弟妹家人同樣得到眷顧，卻既無野心、也無作為，甚至惹出不大不小的麻煩。由此延伸出的人際網絡從農村到官場，內捲的、躺平的，就算投射當代社會眾生相，也只能說點到為止。

王安憶一向注重寫作與理念，這裡必有值得思考之處。張建設有如新時期的駱駝祥子，很有可能時來運轉、搖身一變成了《子夜》或《上海的早晨》裡那樣的梟雄資本家。但在王安憶筆下，張的世界是個進階版《平凡的世界》——不，平庸的世界。環繞他周遭的一切有如順水推舟，「自然而然」的就發生了。張建設、修國妹和一眾人物的幸與不幸，都隨著歷史風潮與時俱進而已。五湖四海的日子過去了，上了岸，「他們不是不知道，是不想知道，面對一個新世界，已經放棄了解。安居的生活其實讓人頹唐，現在收斂起來，變得謹慎了。」

恰與表面五光十色相反，這新世界的底色平庸的令人吃驚。而王安憶越是將改革開放、「市場經濟」康莊大道寫得平淡無奇，越是投射了欲望與現實，應然與偶然，機緣與歷史之間的落差。因此而生的「原來不過如此」的失落感，不僅帶有正宗古典現實主義的批判意識，也帶有王安憶那個世代揮之不去的左翼鄉愁。平庸的世界也是（自我）異化的世界，然而，過去的時代真那麼值得回味麼？

王安憶透過修國妹表達這種「歷史的不安」。修國妹和丈夫胼手胝足創造事業，擁有一切世俗艷羨的收穫。然而人到中年，她總是隱隱覺得若有所失，不僅與兒女和家人的關係似親實疏，甚至對張建設也覺得生分起來。她期待找出生活的道理，卻力不從心。

這是怎麼樣的一個世界？「推動的手在哪裡？」是市場經濟「看不見的手」？或是國家宏觀調控機制？「你或者回答說，隱匿於肉眼不可見處，世界由多重緯度組成，所以才是高密度嘛！」

這些省思超過修國妹的人設，而是敘事者王安憶的借題發揮。她的喃喃自語有如電影的畫外音，或自由間接敘事體（free indirect style），為平庸的世界帶來弦外之音。小說於是來到修國妹一次高速駕駛經驗：

河道是未經過提煉的原形，高速公路是形而上。前者是感官世界，後者是理性思維。即便如修國妹的具體的人生，在速度裡也體會到一種抽象的快意。她熟練地變道，進出匝口。農田和房屋升起來，又沉下去，天際線忽近到眼前，很快又推遠到目力所及之外，只剩一抹煙灰，迷濛中，彷彿海市蜃樓，依次呈現小小的弧度，是橋，一座，兩座，三座。越來越近，看得見橋洞，橋洞裡汩汩的，好像要擠破似的，她終於明白她要去的地方，車滑向匝道，捲揚機的轟鳴替代了高速路面車輪胎的摩擦聲，車窗頓時蒙上一層顆粒，聽得見沙拉拉的擊打。她看見河流，罩在暮色般的粉塵中。車沿河灘緩緩行駛，前後窗變成鉛色，視力反而尖銳了。她看見巨大的吊件在上方移動。

這一場景不禁讓我們聯想茅盾《子夜》第一章，吳蓀甫的父親初次乘坐汽車從鄉村進入上海市的經典場面。不同的是，後社會主義時代女性修國妹開著自己的車反其道而行，而且充滿了自覺的衝動。她來到她曾經熟悉的河道盡頭。「忽然之間，路的盡頭，呈現白亮亮的一條，是河！」沿著河道，「昔日的地形從覆蓋物底下升起來，升起來。」熟悉的氣味，親切的喧嚷，一切仿如昨日。

但這可能是真的麼？驚鴻一瞥也只能是海市蜃樓吧！在另一場景裡，修國妹駕車誤入一個新的建築工地，越陷越深，幾乎難以脫身，也就不難理解王安憶的用意所在了。

修國妹與張建設相濡以沫卻又若即若離。他們各自發展成不同生活場域以及面對現實的態度。對王安憶而言，與其說她有意描寫夫妻關係的消長，不如說藉此演繹了自己對於水上與岸上，河流與物流的辯證。這場辯證卻是相互糾纏，難有定論。於此同時，王安憶更進一步思考歷史與命運的奇妙關聯。如果前者按照某種（革命）信念與邏輯迤邐展開，後者則指向那無從預料的，不可言說的生命流變。也因此，小說如何結尾特別耐人尋味。「張建設算得上思想超前，結果，還是被歷史抄了近道。」欲知後事如何，讀者必須自行分解。

《五湖四海》一仍王安憶以往風格，書寫她的「紀實與虛構」，始於唯物的世路人情，終於思考她個人的——幾乎是形上的——存在與本質的生命課題。小說結局如此迅猛，傳遞王安憶直面現實混沌或真相的訊號。一九五〇年代末一對水上兒女因緣際會，參與了時代的裂變。改革開放初期

像做夢似的。一夜間，沿河灘十數里地都歸了自家；又一夜間，灘上排

滿廢舊船；再一夜間，捲揚機開來了，焊割的電火閃得半天亮；旱塢、水泥路、一間跟一間工棚，接連冒出地面；隨之而來的是人，空手的、帶工具的、單個的、攜家帶口的……

這還只是開始。「放眼望去，哪裡不是日新月異？昨天這樣，明天就是那樣，他們還不算什麼，一路下去，皖南、蘇北、蘇南、浙北、浙西、浦東……」修國妹與張建設從邂逅到日後的發展，一切的歡樂與憂傷，不正是歷史與命運的碰撞結果？革命了，改革了，開放了，上岸了，下海了……我們都來自五湖四海，再回首卻已百年身。

王德威，美國哈佛大學Edward C. Henderson中文與比較文學講座教授。

【自序】在水一方

我下鄉落戶的地方叫做五河，那裡流傳一句話：五河五條河，淮澮中通沱，吃水要人駝。「澮」是「澮水」，「沱」是「沱河」；「中」和「通」至今沒有明白是哪兩個字，又是哪兩條河，但無疑都是從淮河分叉出來的支流；第三句「吃水要人駝」卻是直觀的一幕。也不知道何種原因，溝渠交集匯流，地下水卻不能飲用，坊間的說法，洗衣不下灰，煮米煮不爛，和麵和不開。我們幾百戶的村莊，只有一口甜水井，可以生飲。到了城裡，鄉人稱作街上，食用則全由淮河供給，所以，河灘上就有了一幅圖畫，汽油桶汲滿水，安置在平板車，拉車人彎著腰，繃直肩上的繩繫，壓癟了車軲轆，一步步上岸，走過石板路，送去各家各院。記得每桶水的價格五角錢，按上世紀七十年代的幣值，相當可觀，清貧人戶還是要拜以自己的勞力。駝水的營生集中在渡輪碼頭，上船和下船即可目睹，這情景有一種古意，尤其逆光中的剪影，地老天荒，讓人心生蒼涼。

後來，看《清史稿》，方才知道「五河」是有名籍的，清代起就是著名的產酒地。這一項在記憶中得到印證——縣城的街巷空場，鋪滿了熱騰騰的酒糟，船還未駛進碼頭，空氣裡就壅塞了醋酸，這氣味也是哀傷。那時候，心情被憂慮占據，青春本就是惆悵，加上遭際，人在孤旅，前途未卜，或者，酵素自身就有戚容，它催化了天地悠遠死生契闊，氤氳瀰漫情何以堪。無論以物質論，還是考工記，本可視作人類進化，可惜困頓在局部裡，完全注意不到個體外的存在，於是，擦肩而過。

從上海去往五河的路途，頗為曲折。縣城的陸路，唯有聯通地區公署宿縣的長途車，一日一來去，水路從淮河而行，一日也是一來去。清早，大柳巷始發，五河排第二站，經無數停靠，最終蚌埠。其中明光和臨淮關沿鐵路線，通火車，後者地名裡有「關」字樣，像是官渡。但我從來沒在那裡登岸，因火車只是過路，班次有限還都是慢車，蚌埠則是水陸樞紐，車次多，時間上就有餘裕。倘若順風順水，下午三四點即入港，從容往火車站去，看一路風景，吃些閒嘴，彷彿進上海之前的熱身。在鄉人心目中，蚌埠就是個大碼頭，即便我們，田壠茅屋待久了，陡然來到，也是目眩。汽車的鳴笛，街頭的相罵，消防栓撞開龍頭，水漫金山，電線桿子上短路的火花，都閃爍著城市之光。返回的路程，卻是沉鬱的。必須黎明時分下車蚌埠，趕上客輪，才不至於滯留中途。這城市遠不如來時的可愛，漆黑的水泥壁壘，嵌著路燈，投下人影，夢魘似的。碼頭更顯得淒涼，貨船、駁船、拖斗，還有水上人家的水泥船和木船，星星點點的亮，其實那就是漁火，文人墨客的化境。可是，誰顧得上呢？詩詞歌賦於當時的我們，實在太奢侈了。秋冬季節，船就是在晨曦中起錨。我常常在甲板上站完一整個航程，即便滿腦子愁煩，可也不能不注意日頭躍出河面，染一川金水，然後在柳行後面躍躍地走，如歌行板的節奏。這情景是輝煌的，世事卻是一味地辜負，於是更生淒楚。太陽活潑潑地跟隨船走，漸漸上了柳梢，再一躍而出，到了中天。光色平鋪開來，晴空萬里，這一艘輪渡的投影，豆莢似的，且薄如蟬翼，很奇怪，彷彿一個自己看著另一個自己。晨霧散去，景色並不因此變得鮮麗，反而是蒼茫。十多年後，在美國，第一次看密西西比河，驚艷於它的豐饒。有人將它比作長江，實在是看走眼了，它更像亞馬遜河，彷彿人類的嬰兒期，膏腴肥沃，安然沉睡。而我們的河流，印刻著五千年文明的代價，看了要叫人落淚的。對岸傳來砰砰的捶擊，直到那時候，我們還用木杵搗衣。照理也是古風，可誰想得起來，我們又一次和歷史錯過。

從縣城到我們村莊，要翻過一道一道的「圩」，鄉人們叫做「反」，可能是動詞「翻」的諧音，地名上則保留書面語，「小圩」、「大圩」，流露斯文的傳統。按《辭海》解，「圩」即「低窪地區防水護田的土堤」，堤壩層層圍繞中的我們村，叫做「大劉莊」。無論村落還是所屬的耕地，都不臨近任何水道，讓人有一種旱地平原的錯覺。事實上，每到農曆六七月，大水漲出河床，漫過圩子，將剛出苗的豆地淹沒，頓成汪洋。所以，我們那裡稱農田為「湖」，下田即「下湖」。和風景中的「湖」不同概念，它更可能包含人文和自然的祕辛。我們村就是這樣和淮河遙相呼應，並存於一條生命線。

寫作《五湖四海》並不起因於它，而是反過來，從梢上開端，那就是拆船。在台灣高雄中山大學，進出的隧道正對渡口，沒事就搭乘輪渡，從這岸到那岸。二次大戰結束，日軍撤離，炸毀船艦沉入海底，於是，拆船業勃興，帶動這城市的大小經濟體。其時，沉渣濾盡，海面平靖，取而代之以漁業和餐飲。拆船這行當有一種隱喻，近指生產活動從水域到陸地，遠的看，則可視作人類解體上一期文明，進化到下一期。建設和頹圮的週期在縮短，更替不斷加速，新和舊推擠著，廢墟的襉皺裡頂出樓宇。我還想寫一個類似挪威作家漢姆生《墾荒記》，原始出發的故事，但二次文明已經沒有足夠的時間。此時此刻，曾經生活過的地方，忽然來到眼前，如手卷般徐徐展開。為安置拆船的作業場，又將它往東南方向遷徙，直至蕪湖，這就到了長江邊上。我從來沒去過著名的蕪湖，但長江貫通上下，縱橫交錯，跑到哪裡都跑不脫似的，不曾涉足的地方，不曾經歷的事故，不曾認識的人……都在它的手掌心中，你就不敢說沒去過！現在，全都集合起來，追根溯源似地，來到淮河流域那個小小的村莊。彷彿又是六七月的漲水期，秋作物全到了湖底，鄉人們站在台子上，我們那裡，村落都是建在土壘的高地，叫做「台子」，雞犬聲聲，炊煙裊裊，湖面上映出青苗的影。多麼像大洪水中的方舟，我們都是方舟的遺民。

二〇二三年八月五日　上海

目次

一

她不知道日子怎麼會過成這樣！

他們原本水上人家，當地人叫做「貓子」。這個「貓」可能從「泖」的字音來，溯源看，是個古雅的字，但鄉俗中，卻帶有貶義。安居樂業的農耕族眼裡，漂泊無定所的生活，無疑是悽楚的。「貓子」自己，並不一味地覺得苦，因為有另一番樂趣，稍縱即逝的風景，變幻的事物，停泊點的邂逅——經過白晝靜謐的行旅，向晚時分駛進大碼頭，市燈綻開，從四面八方圍攏，彷彿大光明。船幫碰撞，激盪起水花，先來的讓後到的，錯開與並行，貓子們都是有緣人，相逢何必曾相識。夜幕降臨，水面黑下來，漁火卻亮起了。

修國妹出生的上世紀五十年代末，他們這些船戶已就地編入生產社隊，雖然還是水上生計，但統籌為漁業和運輸。活動範圍收縮了，不如先前的自由，好處是穩定。小孩子就在岸上的農村小學讀書，大人走船時候，歇在學校。就這樣，修國妹讀完高小，又在公社的完中讀到初三畢業。這個年紀，又是女孩子，算得上高學歷，父母也對得起她了，於是回船上勞動。這年她十五歲，讀過書，出得力氣，相當一個整勞力——其時，船務按田間作業計工計酬，人依然住船上，背底下還叫做「貓子」。沒兩三年，分產承包制落地實施，他們分得船和船具，原來就是他們的，歸了公再還回來。東西的價值算不上什麼，重要的是政策。他家從事運輸，集體制的運營，在計畫經濟內進行，接貨送貨固定的幾個點。但是沿途幾十里，水道分合，河汊連接，無數村莊人戶，哪條船沒有點私底下的捎帶。雞雛鴨雛，麥種稻種，自釀的米酒，看親做親的婆姨。三角五角的腳費，總歸是個活錢。所以，

「貓子」的家庭其實是藏富的。要是下到艙裡，就能看見躺櫃上一疊疊綢被褥、雪白的帳子，挽在黃銅帳鉤上、城市人的花窗簾、鐵皮熱水瓶、座鐘，地板牆壁艙頂全漆成油紅，回紗擦得錚亮，好比新人的洞房。倘若遇上飯點，生火起炊，擺上來的桌面夠你看花眼：臘肉炒蒿子菜、鹹魚蒸老豆腐、韭菜黃煎雞蛋、炸蝦皮捲烙饃，堆尖的一盆，綠豆湯盛在木桶裡，配的是臭豆子、醃蒜苔、醬干、鹹瓜……這是看得見的，還有看不見的，就是銀行摺子。數字有大有小，但體現了「貓子」的眼界，在人民幣差不多只是簿記性質的日子裡，他們已經涉入金融，似乎為改革開放自由經濟來臨，提前做好了準備。

張建設遇到修國妹時候，她虛齡二十，在鄉里就是大齡女了。「貓子」的身分不能說有，也不能說完全沒有，影響恰當恰時的說親。中學裡，有男同學喜歡她，約她到縣城看電影。並不是一對一，而是齊打夥，幾個男生幾個女生，心裡知道只是他和她。回學校的路上，天已經黑了，意興不像去時的振作，便散漫開來，變成絡繹的一條線。他倆落在最後，不說話，只是有節奏的邁步，身體輕盈，飛起來的感覺。事情卻沒有後續。少年人的感情本來就是朦朧的，同時呢，鄉鎮上人又早熟，一旦涉入戀愛便與婚姻有關，所以就不排除現實的原因，大概還是「貓子」的偏見作祟。

有一次，行船到洪澤湖一個小河灣。這時候，鄉鎮企業遍地開花，四處都是小工廠的大煙囪。運輸業隨之興隆，建材、原料、產品、半成品，貨裝到不能再裝，吃水深到不能再深，遠遠望去，走的不是船，而是小山樣的載重。這是白天，晚上呢，河道上滿是夜航船，嗚嗚的汽笛通宵達旦。那是去湖南岸糟魚罐頭廠送酒糟，當地特產大麯，據學校的老師說，《清史稿》就有記載。託水的福利，多條河流交集本縣境內，有名目的淮、澮、沱、渦、濉，無籍錄的溪澗溝渠就數不清了。家家有釀酒的私方，計畫經濟時代，兼併合營成全民所有，到市場化的年月，一夜之間，大小糟坊無數。宅院、巷道、街路、河灘，鋪的都是酒糟，縣城上空，雲集著酵醋的氣味。修國妹家的船到了南岸，卸貨掉頭，回程途中，經過叫管鎮的地方，從鄉辦棉紡廠接單。精梳下來的落棉打成帆布包，裝夠一船，已是下午二三點。沿岸找僻靜處停靠做飯，岸上幾行旱柳，棵棵都是合抱，出枝很旺，連成厚密的屏障，卻傳來雞鳴狗吠，就曉得有村莊。叫爹媽在艙裡午眠，修國妹獨自在甲板點爐子坐水。這邊淘米切菜，那邊鍋就開了，下進米去，不一時，飯香就起來。仰臉望天，日光金針雨似的灑落，沙拉拉響，其實是風吹樹葉。忽看見樹底站一條細細的身影，像她在鎮上讀高中的弟弟，不禁笑了笑。鐵鉤劃拉出爐渣子，摻著未燒盡的煤核，鏟到瓦盆裡，將沸滾的飯鑊移過去捂著，換了炒勺，傾了油瓶，一條細線下去，滋啦啦響起來。煎三五條小魚，炒大碗青菜，臭豆腐早悶在飯裡，然後叫，吃飯了！扭頭看，那孩子還不走，覺得好玩，玩笑道，吃不吃？他真就來了。一溜碎步跑過斜坡，跳上船。一張案板，正好一邊坐一個，不知道的以為一家人。大約有半年光景，接連到管鎮接貨送貨，就也經過這裡，那孩子掐算準日子似的，準在柳樹林裡，船靠岸，就鑽了出來。有時帶幾棵菜，半碗醬，有一回，他娘也跟來了。曉得是來看人的，也曉得很稱心，下一次來，帶的不是菜和醬，而是兩磅毛線，一塊燈芯絨料，幾近下聘的意思。修國妹的媽私下裡還請先生對了倆孩子的八字，水上人都有點信命。是她不答應，第一眼看他像她弟弟，一直當他弟弟了。雖然他比她早生半年，可「弟弟」不是以年月斷的，她那親弟弟也就小一年多點，因隔年又有了妹妹，於是，媽背上一個，她背上一個，好比是他媽，緣分就不一樣了。

第三次，用另一種算法，也是第一次。她還在媽肚子裡，停泊沫河口，老大們聚了喝酒，也有女人懷胎的，眾人起鬨指腹為婚。那條船是什麼地方的不知道，老大姓甚名誰也不知道，就當一句戲言過去了。山不轉水轉，十八年後，同一個停泊地再遇見，老大還是老大，女人還是女人，當年的人種卻開花結果，正巧一個男一個女，也都讀了書，在船上幫襯，那個約定剎那間就回來了。年輕人都是浪漫的，這戲文般的由起，彼此生出好奇。但走船的生涯蹤跡無定，戀愛中人最怕離別，一年時間過去，竟沒有再見面，卻出來一個張建設。

七八月的淮河，水漲得高，船從雙溝新橋底下過，她站在艙頂做引導。雙溝在蘇皖交界，水域很寬，多條支線匯集，並齊河口，收緊了。只聽馬達汽笛，此起彼伏，萬舸爭流的氣象。她一個小女子，水紅的短褲褂，赤著足，手裡揮動小旗，左右前後竟都按她的指點，避讓錯行。張建設就在對面的甲板，船幫貼船幫，搖動著，擦過去，上下看看，照面了。

兩條水泥輪機船大小和載重差不多，張建設卻已經是老大，登門拜訪，是父親出面接待。來客雖是初見的生人，但吃水上飯的都是一家親，並不見怪。因帶的禮厚，金華的火肉、符離集的燒雞、陽澄湖蟹、東北天鵝蛋大豆，另有兩副女人的金鐲子，上海老鳳祥的銘記，就曉得是個走西方的後生，也猜出幾分來意。有待嫁的女兒，斷不了說親的人。修老大讀過幾年塾學，經歷新舊社會，到了今天，明白時代的進步，自己是受益的。兒女的事情，且是這樣的大事，就不敢行包辦的老法。女兒從來沒有應許過一回，旁人說他沒有家長的威權，他嘴上辯解，暗底裡卻是高興的，出於捨不得的心。這一回，和以往不同，沒有拉纖的中人，自推自，是開門見山的意思，他就有些失措了。一邊讓座，一邊囑女人辦酒菜，先稱客人大兄弟，後改口大侄子。兩個年輕人倒很坦然，彷彿認識許久似的，互問姓名和學校，發現雖不屬一個縣份卻有共同的熟識，無非是同學的同學，朋友的朋友，表親的表親。他插不進話，顯得多餘，訕訕走開去，到後艙整貨。再回到前甲板，兩人卻不說話了，一個低頭擺碗筷，一個舉著酒瓶子，割瓶口的蠟封，瞇縫著眼，躲開嘴角菸捲的煙。修老大不禁恍惚起來，因為看見了年輕時候的自己和孩子媽。下一回，是他登張建設的船。按規矩，要物色媒介，有當無過個手續，自己的女人也是這樣說來的。可是，什麼也代替不了做父親的眼睛，有生以來頭一回聘閨女，樁樁件件都要親力親為。

張建設的船保養得不錯，新做的防水，馬達也好使，尤其是日誌。進貨出貨、行駛里程、途經地名、收支帳目，分門別類記得清楚整齊，讓修老大汗顏。趕緊合起來，不看了。船上用了小工，遠房的表親，灑掃就也乾淨。只是艙裡有些亂，被褥有時間沒拆洗了，衣裳洗是洗了，卻不疊齊收好，而是搭在一根鐵絲上，就像沒洗過一樣。中午飯是鄉下人的粗食，小工的手藝，整條的河鯉魚、整個的肘子、大塊豆腐，都是一個煮法，燉！燉到酥爛，料下得足，口味十分帶勁。一老一少兩個老大，面對面吃喝，酒上了頭，說話的聲氣大起來。老的說，大侄子的船什麼不缺，獨缺一雙女人的手！小的應：女人好找，知己難尋！老的道：知己不是「找」，是「相處」的！小的又應：伯父聽沒聽過「一見鍾情」？老的搖頭：這就難了，天下哪有這般準的事？小的抬手攔住：您別說，我真就對上一個！何方人士？近在眼前，遠在天邊。這話怎講？老的有些酒醒，眼睛直看向對座，那個人是忍笑的表情，其實清醒得很：「近」是距離，卻隔座山，就「遠」了。什麼山？老泰山！這話說得俏皮，兩人都笑一笑，停住了。聽見小工在岸上吹笛子，摻了鳥的啁啾，聲長聲短的。張建設收起笑意，雙手端一盅酒，肅然道：從此以往，伯父您就是我的親父！修老大耳朵裡嗡嗡響，喝乾酒，翻過盅底，亮了亮。就這樣，吃完飯，送上岸，看日頭向西，白日夢似的。事後難免懊惱，太沒身分，至少也要拉鋸二三回合。這後生確實有鼎力，一旦上船，舵就到他手底下，讓人不得不折服。

漸漸知道，「您就是我的親父」這句話，不是無來由的。張建設父母早亡，相隔僅半年，都是哮喘病。船上人最易得的兩疾中的一疾，另一項是關節炎，因長年生活在潮冷的環境裡。並不是絕症，照理不至於喪命，但時斷時續，累積起來，最終吊在一口氣上，其實是風濕走到心臟。那一年，張建設和弟弟張躍進，一個讀中學，一個讀小學，都不成人。有人出主意，報個虛歲，送大的當兵，每月津貼供養小的。可是當兵的名額讓大隊書記的兒占去了；再有人想到結親，哥哥成家，弟弟也算有了怙恃，但頭無片瓦，足無寸地的「貓子」，八尺長的漢子都難娶媳婦，更何論未成年。如此，只剩一條路，列入五保，生產隊養到十八歲。兄弟倆穿著孝衣，額上繫著白麻，眼淚和了土，滿臉的泥，就差一具枷，就成了聽從發配的犯人。到末了，大的那個直起身子，開言道：叔叔伯伯費心，從今起，我就下學，請隊上派工，大小是個勞力，倘掙不出我們兄弟的糧草，先賒著，日後一定補齊！說罷，拉了小的跪地磕響頭。其時，身子沒有長足，還是孩子的形狀，說話做事已有幾分大人的作派，比他爹媽都強。人們私下裡說，那兩口子都是軟腳蟹，想不到下了一個硬種。所以，張建設比修國妹長一歲，學歷卻有矮兩級。

這是一段淒苦的日子，弟弟住讀學校，他在大隊運輸船做小工。大隊的船往往走的長線，出行十天半月不在話下。上岸第一要去的地方就是小學校，等弟弟下課，將些攢下的吃食塞到書包，手掌心摁進幾個分幣。十來歲抻個頭的年齡，每回見，衣裳褲子都緊一緊，直至腳趾頭頂出鞋殼外。就地脫下橡膠防水靴，看那小腳丫子哆嗦著套上，轉身打赤足走了。第二去的就是自家的破船，泊在河灣裡。揭開油布一角，爬進去，黑洞裡無數隻眼睛射向他，是破綻的口子。船和房屋一樣，沒有人氣頂，便一逕頹圮下去。他抱膝坐下，四下裡一片靜，彷彿神靈出竅，又彷彿魂兮歸來。父母的遺物，所謂遺物就是被褥衣服，清點無數遍了，可用的撿出來，實在糟爛用不上的也燒了。板壁牆上，他們兄弟的獎狀，三好學生、普通話比賽、年級最優，揭下收在藤條箱，墊著桌椅床櫃架起來，依然受了潮。母親的針線匣子，一枚銀頂針，氧化變成黑色，他取出來，戴在中指上，其餘一併放入藤條箱，墊幾塊磚瓦，再架高一層。艙頂的漏是補不起來了，路上拖來的油毛氈壓上去。他相信，總有一天，張家人還會在這船上過自己的營生。

萬事開頭難，起初是咬著牙一天一天熬，熬到某個階段，就漸漸嚐出些甜頭。越拉越緊，扯頭就開的繩結；錨鏈直溜溜下去，手臂忽的一麻，紮到底了；眼看對面船迎頭過來，打個滿舵，閃過了；喝酒划拳，船工們的葷笑話，岸上的大姑娘小媳婦，他甚至交了相好，一個寡婦，帶一群兒女，鞋都露著小腳趾頭，讓他想起自己。替人捎帶——逐漸的，他也有了自己的私活，就問有沒有穿剩的鞋，到地方一股腦扔上去，扔下來的卻是新鞋，麻線納的底，釘了膠皮，後幫子也鑲了皮，曉得是水上人的腳。走船人哪個沒有沿岸的風月，因為他小，就要受人起鬨，先是紅臉害臊，慣熟後便嬉笑打鬧，欣然接受。可他是讀過書的人，曉得愛情和同情的分別，也曉得雨水之歡和天長地久孰輕孰重，還曉得此一時彼一時。

十八歲那年，他從大隊船上出來，單立門戶。自家船稍作修葺，貨艙重鋪一層水泥，重置馬達、柴油機、錨鏈，纜繩，新添一座船鐘，從蚌埠舊貨市場淘來的，不知道哪艘海船上的物件。這些貼補可說都是拾來的廢舊零散，一件一件集起來，再一件一件交割，多的換少的，少的換多的，大的換小的，小的換大的，倒手無數個來回，終於變無用為有用，湊合成三五成新。大隊撥給幾單貨運，他又自謀了一些。鄧小平主政國事，政策鬆動，上頭開一分，底下就是十寸。耕作還有統購統銷約束，捕撈和運輸，尤其後者，本來就屬集體經濟權限，其時就更自由了。他駕著船走在河道，船鐘鐺鐺地敲，穿越馬達轟響，回應汽笛長鳴，凌空回蕩，彷彿來自天庭的清音。他很快博得名聲，不只因為是最年少的老大，主要在於人品。行業其實是江湖，水上飯的道更深。轄地的管治只不過名義上，具體事務還是人情款曲，隨時日久遠漸成公約，俗話叫做行規。他出道早，難免受欺，倘若不開蒙，或就一輩子屈抑，抬不起頭，如他這樣，心明眼亮，卻可以從弱到強，由淺入深。父母在世，他只是看，父母離世，便是親歷，到如今，獨駕一條船，則有了感悟。歸納起來天下禍福無論大小輕重，端底就一個「爭」字，落到水上世界，不外爭河道，爭先後，爭上下游，順逆風。兩相對峙，總是強者取勝，強中有更強，所謂山外有山，天外有天，永無止境，但有更高一籌的，就是不爭！所以，反其道而行之，守著一個「讓」字，讓掉的那些利好，用「勤」補上，計算起來，也並不見得有虧缺，倒積蓄起人緣。老大之間有了紛亂，往往請他做仲裁，這時候，「理」就出台了。「理」這東西，本是天下為公，卻很怕霸蠻，扛不住會偏倚，有句村俚說得好：秀才遇到兵，有理說不清。好比一物降一物，霸蠻還怕一件東西，就是「讓」，於是，他這樣不爭的人才有勝算。他自認在弱勢，但弱勢有弱勢的活法。他相信，這世上既然容下一個人，必有一份衣食，不是天命論，是人生來平等的思想，他到底和父母輩的人不同，也是時代的進步。下一年，國家經濟繼續鬆綁，一系列開放政策腳跟腳下來，普惠大眾，他的人生從此煥然一新，之前做夢都不曾夢到的，這裡又有些命運的成分，他不信也不成。

分產承包手續完畢，下到船裡，過去的日子撲面而來。父親掌舵，母親在艙外打水，鉛桶哐哐地響。擦得錚亮的甲板，照得見他跌跌爬爬的身影，腰裡繫一根繩子，另一頭繫在媽的腰上。接著是弟弟，小小的，紅紅的小腳丫子，打著滑，船上的孩子都是這麼長大的。此時此刻，他忽然發現已經長大到，這船盛不下自己了，猛一鼓氣就撐破它，好像雞雛撐破蛋殼。船幫的木板朽爛了；甲板下的龍骨斷裂，凹陷下去；水泥防水層不是這漏就是那漏，不定什麼時候，一覺醒來，船從身子底下滑走，人在水上漂。舊換新的時候到了，他想。

決心下定，即開始籌措。這些年走船，雖是以公分計，僅夠他和弟弟的口糧，但私拉的單子，分帳多少有他幾個零錢，後來獨立出來，暗底下的收入又多了些，合起算一份。再一份是身下的船，或只能當廢舊貨出手，如何折扣都有限。忽然閃念，購買者多半化整為零，分門別類，賺其中的利潤差價，為什麼不留給自己賺呢？想到這裡便按捺不住，說幹就幹，先收拾打包，星期天張躍進從鄉鎮中學回家，兄弟倆搭手，河灘上支起油布棚，歸置日用的瑣碎，轉眼間底艙挪空，直接將頂掀了。這是張建設拆解的頭一條船，多年以後往回看，可算他事業第一步。事情不出預計，單是輪機部分，就抵得舊船的整價；牆板、地板、頂板、箱櫃，作堆賣，又是一價；爛掉的龍骨，集攏賣個柴火價；錨鏈，繩索，篷布，油毛氈，大小鉚釘，合葉，鎖扣，三不值兩，也是個數目。承包制下，船戶都在修葺，都是用得著的物件，不出三日，剩下一個船殼子。翻過來，塗上防水漆，就這麼倒扣著，旁邊是父母的墳頭。「貓子」們的墓，只能做在河灘的斜坡，真叫做「死無葬身之地」。他特別留下那只船鐘，好像有了它，就會有船，早和晚的事情。這份錢添上，新買一艘，不過十之三四，餘下的大缺口，用什麼補上呢？

當晚，睡在油布棚，棚頂漏進星月，是個一無所有的人了。心裡並不覺得沮喪，反是輕鬆。枕下的船鐘滴答走秒，數著時辰，一夜無夢。村煙雞鳴裡醒來，被蓋讓露水打濕，頭臉也是濕的。望天邊早霞，就知道是個晴日頭。拉根線繩，晾上衣服被褥，小泥爐生火煮麵，攪進油鹽醬醋，熱滾滾下肚。就著河水涮了鍋碗，再細細洗漱，睡亂的頭髮梳齊，整整衣褲，提一個人造革小包，上路了。離開水道，天地變得寬廣，似乎沒有邊際，陡然間，人被解放了，同時，也生出渺茫，不曉得前面什麼等著。可是，一步一步走過去，自然看得見，他信的就是這個。現在，他從返青的麥田間走上公路，稍等片刻，班車來了。近午時分，汽車駛過水泥大橋，迎面一座拱門，塑成三面紅旗的形狀，就曉得進縣城了。下了橋，農田迅速向後退去，兩邊房屋稠了，將車路擠得越來越窄，跑著馬車、牛車、拖拉機、汽車、手推車，自行車在車縫裡游龍似地穿行。柴油機的馬達、汽車引擎、喇叭、鈴鐺，此起彼落，牛和馬最安靜，沉著地邁步，勿管前後左右如何催促謾罵，按著自己的速度和路線。還有輪子底下溜達的豬啊狗的，從容閒散，儼然地方的主人。班車沿途停靠幾次，下去些人，又上來些人，下去多，上來少，漸漸只剩二三人。賣票的看他，好像問去什麼地方，他不回答，因為不知道要去哪裡。他自來的活動範圍都在河道周圍，經過無數大小城鎮，也只在臨水的邊際，沒有進入中心區域。此時，班車通過雍塞的進城道口，街面疏闊，而且齊整，東西縱向為主幹道，南北橫向斷開的多是小街，魚骨似的排列。這是整體的結構，從局部看，小街由住家和攤販組成，此時已到收市，就寥落下來。幹道則為公家的營業，從車窗望出去，玻璃的門窗，門楣上的招牌，招牌上的大字，雖也人跡罕至，卻是威嚴的氣派了。一行字進入眼瞼：中國農業銀行供銷合作總社，心中豁然開朗，此行的目標有了。過兩個路口，一轉車頭，熄火了，剩餘的人清空，他不敢停留，跟著下去，看見牆上的紅漆鬼畫符似地塗著：客車總站。他才曉得，已經走到再也無法走的盡頭。回到路口，站定了，認準方向，直接奔銀行大門去了。

初起的念頭是存錢，身上的家當卸了，即可翻轉騰挪。推進門去，當門三個窗口，都空著，後面的磨砂玻璃牆裡，似有綽綽的人影。他「喂」了一聲，好些時間，方才有人隔牆應道：中午休息，下午一點辦公。抬頭看看，壁鐘走在偏出正中一刻的地方，他決定就地等待。慢慢在廳裡踱步，活動活動手腳，一邊看牆上的張貼，每個字至少看過兩遍，窗口有了動靜。就在這等待的幾十分鐘裡，張建設改變了主意。

走到第一個窗口跟前，探頭問道：哪裡辦理貸款？窗口裡的女人抬起眼睛看向他，彷彿被驚著似的，說不出話。停一停，問是私人還是公家的業務。他一笑：可公可私。女人臉上的表情更警惕了：什麼意思？他回答：農村聯產承包制，即是集體也是個體，您以為公還是私？女人皺皺眉頭，以為抬槓尋事的。街上少不了閒人，俗稱「街華子」，專找女營業員搭訕，面前這一個又不很像。黧黑的皮色，肩背厚實，出大力的樣子，衣服穿得板正，扣到領口，顯見得鄉下人進城。面上和悅，那幾句答辭卻藏著機鋒，就不是鄉下人的簡單。有些摸不著路數，只覺得不可小覷。女人站起身，轉回到玻璃牆後頭，壓著聲說了什麼，再出來，則尾隨一個戴眼鏡的男人。那男人矮下身，湊在窗口看出去，他也矮下身，就臉對臉了。裡面人問知不知道貸款是怎樣的事，他側身指了牆上的告示：上頭都說了的！正是農業貸款的宣傳書，裡面人不由笑了。這項政策下來有段時間，緊鑼密鼓張揚，並不起效。農村人都是做一口吃一口，十分不得已才會背債，漸漸地涼下來，不想忽然間竟來了一個。緊接著，窗口裡面遞出一連串問題，姓名生年，戶籍所在，教育程度，家庭成員——看起來是主事的，他對答如流，但當問到有沒有抵押物這一項，陡然卡住了。他漲紅臉，撓撓頭，咧嘴笑了，露出一口整齊的白牙。男人直起腰，和女人相視一眼，都見出對方的好感，女人說：若無抵押，有擔保人也可以。

最後，是由大隊書記做了擔保。張建設父母去世那年，武裝部來徵兵，有人串掇報張建設，私心裡多少為減輕負擔，五保戶的支出平攤在各家各戶頭上，緊巴巴的年月，壓根草都有分量，結果去的是書記的兒子。自覺得從孤雛口中奪糧，心裡藏了愧疚，還是要歸到那年月的難處。回鄉的知青，書讀到半拉子，倒落得肩不能挑，手不能提。本以為吃上軍餉，終身都是國家的人，無奈扶不上牆的泥巴，三年時間，列兵去，列兵回，連個黨籍都沒爭到。私下曾經想過，倘若換了張建設，不定會有怎樣的前程。他看好這孩子，單是這一條，就敢做擔保人。往返幾趟，辦下貸款，差不多同個時候，書記大伯替他找到賣家。這時節，船家們都在晉級裝置，一手褪一手，一條半新舊的機輪船褪到他名下。修國妹父親前去視察的，就是它。

二

張建設和修國妹來往走動半年，正式喝了訂婚酒。船上人家因是過著流動的生活，多半親戚少，尤其張建設，連個家長都沒有。請書記大伯做大人，和修國妹父親母親並為上首，下首坐了兩人的弟妹，再加書記帶來的小子。復員回家幾年，還穿著軍裝，說普通話，看起來很像下來巡視的幹部。他當兵在徐州衛戍部隊，駐紮軍分區大院，外勤站崗放哨，內務則灑掃庭除，替首長做些雜役。首長都是戰爭中過來，吃過苦的人，作風樸素，也沒有架子，兒女們就不同了。養尊處優，難免有些浮浪。當兵的也是年輕人，有樣學樣，總會沾染習氣。操場上玩球，肢體衝撞，幾個言語回合，摘了帽子，抹下腕上的手錶，參謀和列兵的區別就在有沒有手錶，然後或單挑，或群毆，打得起煙。傳到坊間，就得了「丘八」的名稱，徐州歷史很久，人物說話頗有古風。那裡生活三年，見過些世面，又怕家鄉人不知道，因此滔滔不絕，席上的話讓他全包。那兩個弟弟一個妹妹只有聽的資格，三個大人初次見面，拘著禮，低聲細語地客套。修家母親敬了盅頭酒，硬掙著回去爐灶，換張建設上桌，替二位爺搭橋。三人靜靜地喝酒，耳朵裡盡是聒噪，書記大伯到底掛不住，對張建設說：你是個有主張的孩子，成家立業了，莫忘記提攜同年兄弟！張建設抬手向下首用力一劃：都是我的弟弟妹妹，誰敢說不管？修家爹眼圈紅了，他的頭生女要讓這人娶走了，彷彿看見吃奶娃腰裡繫根繩子在甲板上爬，爬著，爬著，背上又馱個小的，蝸牛似的，髮頂紮兩這小辮，是蝸牛的犄角，眨眼的工夫，長成個大姑娘，姑爺都坐到跟前了。真是割肉啊，由不得生出恨意來。可是呢，俗話說得好，女婿是半兒。他倒是有兒子，可兒子沒長兄總歸孤單，所以聽見那擔當的誓言，又是歡喜的。

婚事定了，成親又過了一年。這一年裡，銀行的貸款還去大半，又積攢下迎娶的費用。前邊說過，鄉鎮企業大興。尤其蘇南地區，人口稠密，農地緊湊，與幾座工業城市相鄰，無論發展的需求還是條件，都在龍頭。繼而向北延伸，越過省界，一逕帶動起來周邊。物流幾十倍上百倍增量。舊路不夠用，新路不及開，高速公路還是遙遠的傳說，內河運輸就奪得先機，變成主要渠道。計畫經濟的行政區劃打開了邊際，水網聯通起來，左右逢源。拘泥得久了，外面世界的大和遠就讓人生畏，多還是局限在原先的地盤上活動。張建設卻不忧，他得線路拉得很長，從淮河穿過洪澤水域，到高郵湖、邗江、六圩，順長江到江浦、秣陵關、江寧鎮，回進皖地，皖南這一片，本來就是富庶，如今又騰飛發展，成經濟重鎮。走過這些地方，張建設的經驗是，發達地區一定從江河而起，再向沿海伸延。他讀過書，鴉片戰爭之後簽訂南京條約，五口通商：廣州、福州、廈門、寧波、上海，按下西方列強吞噬中國這一節，但說現代化速度，卻是歷史轉折，社會的突變。在他頭腦裡，「海洋」是個象徵性的概念，帶有理想的色彩，離現實很遠。現實是，地方大，人就小，地方小，人就大！看得出，張建設不是好高騖遠的人，比起保守主義，他又要稍稍往前多看一步。於是，在這內河航運興隆昌盛之時，他預感到更可能只是蜜月期，很快便結束了。抬頭看，岸上的標語牌，赫赫然映入眼睛：要致富，先修路！溝渠填埋，農田等不及收成，壓路機便開過來，打夯機的轟鳴晝夜不停，蓋倒了船的輪機聲。他已經看得見，陸路代替水路，車代替船。到那一天，舊的生計就將被新的代替，具體不知道究竟是哪一種，但他籠統地認識到，天下事物都是共生滅，同呼吸，就看你把不把到脈！

迎娶修國妹，他的船油漆一新，艙裡滿滿當當。玻璃門的櫃櫥、梳妝檯；大件有自行車縫紉機，俗話叫「兩輪一轉」；小件是氣壓熱水瓶、三五牌台鐘、雙面繡的插屏；當然少不了「三金」，金項鍊、金耳環、金戒指。修國妹的嫁妝有得一比。床上綢緞面湖絲棉被子、珠羅紗白底隱花帳子、羊毛毯、羽毛枕；地下銅鎖銅包角的樟木箱、紅木的套桶和腳凳、黃楊木的嬰兒搖床都備下了；穿的有呢大衣，男式的海軍藍，女式玫瑰紅；新款羽絨衣，也是一藍一紅；襯絨夾襖，男裝駝絨，女裝羊羔絨；牛皮鞋、高腰、低腰、棉、單、涼、拖；單是鍋就十來件，鋼精的、生鐵的、搪瓷的、雙耳、單柄、煎、炒、燉、煮；成套的碗盤、茶碟、酒盅，各有幾十頭；頂別緻的一盒西式餐具，大小刀叉勺，嵌在紫紅平絨托上。一樣一樣送上甲板，摞起來，罩了桌面大的喜字，展銷會似的。喜酒擺了十條船，大船三席，小船兩席。兩邊的客人多是同行業。修老大行船日子久，結識在三四代以上；張建設走得遠，都有隔了省的朋友來賀禮。下午三時開宴，入夜八九點還未散去，條條船掌了燈，河灣裡點了火似的，紅彤彤一片。直到東方露白，才一艘艘相繼離開，馬達突突響著，漸漸遠去，消失在晨曦中。

這場夜宴，可說象徵了水上運輸的黃金時代。拉不完的貨，接不完的單子，卸載的空船，被廠家拉住不放走，又裝一載到下一家。沿河擠擠挨挨著大小碼頭，碼頭後面，新廠連老廠。天際線改變了形狀，原先平緩的弧度上，凸起許多銳角，視野變得狹窄。聽覺呢，也是壅塞，岸上是機器的隆隆聲，岸下是船的馬達和鳴笛。直至暮色下沉，夜色漸深，方才消停。這是他喜歡的時刻，水面疏闊許多，喧譁收斂起來，星月彷彿升高了，船尾拖了細浪，心裡格外安寧。白晝裡麻木的知覺此時恢復了，甚至更加靈敏，似乎，萬物都在發力：潛流在碼頭的木柱間繞行，魚排籽、孵卵、破膜，地龍拱土，水蛇蛻皮，鳥族在枝頭求偶……他以為在夢裡，菸頭的亮是夢裡一個醒，帶他回到現實。於是，聽見自己的脈跳，艙裡面妻子的鼻息，胎兒在母腹翻身打滾，他是個拖家帶口的人，不由笑了，這無聲的笑也進了耳朵！頭頂上三星排列，時辰不早，菸蒂扔出船幫，「噗」的一聲。叫出小工守夜，換進去睡了。小工是從江蘇地界泗陽找來的，也是個孤兒，原先在鄉里的麻刀廠做，受不了那個氣味，寧願當「貓子」，硬跟著船過來。

頭一個孩子生在船上，取名舟生。其時，他們在巢湖那邊，皖南比皖北發達，運費幾乎翻番，一單接一單，幾上幾下，回程的日子一推再推，終於捱過日子，分娩了。修國妹可說自己給自己接生，母親生弟妹的時候，她就在跟前，看不看都進眼睛裡。生完了，就輪到張建設。想不到，沒經過女人事的男人，竟然會侍奉月子。豬蹄燉得起膏，鯉魚熬成牛乳，黃糖水打溏心蛋，蓮子紅棗粥，茼蒿菜煮水，用來煞油膩，蘋果掏去芯子隔水蒸，也是壓火氣。第一口奶是他吸出來的，夜哭郎是他起來抱著搖到天明，母子倆的洗涮也歸他，隔壁船的老大笑話說：男做女工，越做越窮！他回答：我這個女人命旺，破得了天戒！船駛到臨淮關，和老岳家碰頭，已經二月二龍抬頭。嬰兒出世剃胎毛的日子，按規矩是由舅舅動推子，可舅舅在學校讀書備高考呢，還是張建設自己來。外婆絞線頭的小剪子，一綹一綹，又有人戲謔：修理地球啊！他笑接下句：錦繡河山！多半親力親為，他和舟生最親。

日子過得快而且滿，娶了娘子，生了兒子，攢了票子，舅子小姨供進城上學，自己的兄弟則送走當兵。這時節，生計多了，西線又開戰，太平世道誰願意出征打仗？參軍的熱便涼下來。這張躍進少小缺爹娘管教，天生也不是讀書的料，要不是做哥哥轄治，怕已經輟學上船了；二也是還張建設自己的少年心願，聽書記大伯的孩子說話，曉得虛多實少，還是有觸動。這一批徵兵是新疆駐防，內陸的人聽起來，遠到天盡頭似的。這裡單軍服上身，發下的已經是棉和毛，看到那一雙大頭靴，方才有些釋然。他忘不了張躍進頂出鞋的腳趾頭，那是軟肋。安頓下幾個小的，還有一個大頭，就是允諾書記大伯幫襯的，他的同年兄弟。起先，那兄弟看不上他的幫襯，問娘老子「借」了錢，和戰友參建水泥預製件廠，不到半年，錢打了水漂，戰友們一個個跑得看不見。於是，書記大伯親自押解到跟前，求個小工的營生。他怎麼敢！不知道誰僱誰。來回尋思幾遍，最後給明光鎮的窯廠，也是他的客戶，牽線做個銷售主任。家家戶戶蓋房造屋，磚瓦先是緊缺，接著過剩，因為四處都在開窯。臨高望去，東南西北的大煙囪，吐出滾滾黑煙。出窯的時辰，有電的地方拉了線路，高支光的燈泡大放光明，沒電的則紮起火把，映紅半爿天。再一眨眼，滿視野破土動工，或者從無到有，或者推了舊的蓋新的，真叫作，眼看著起高樓，眼看著樓塌了！建材就又走俏了。

張建設做了這中人，實是心裡打鼓，隨時會出事似的，有一段時間，都不敢再往明光那邊接單。過後傳來風評，竟然很好，頗有作為的氣象，方才鬆一口氣。

書記大伯的兒子，大名李愛社，小名社會，和張建設的名字一樣，聽起來就知道什麼時候出生，上世紀一九五八，月份還大些。到底走過外碼頭，開了眼界，又操一口普通話，鄉下人稱普通話「標準語」，代表著官方，已經起了三分敬。這時節，如方才說的，磚瓦的市場，一時買方，一時賣方，要有眼力，看得準風頭，順風和逆風各有理據，這就要靠說辭了。剛從泥裡拔出腳杆子的莊稼漢，眼和嘴都是拙的，缺的正是他這號人物。慢慢地，張建設接續上這頭的老關係，有時看見李愛社，穿一身西服，打著花領帶，來不及照面，好容易過上話，口氣裡是救濟自己，給他生意做。所以，就又不從那裡走了。

這一段日子，無意中留下紀念。那是在洪澤湖，搭了個年輕學生，上船就支起架子畫風景，時不時放下畫筆，端起照相機按快門。張建設忽然興起，說替我拍一張，學生說好，讓他站船頭，稍許端詳，快門「夸嗟夸嗟」連著兩響，結束了。下船時，他沒有收捎腳錢，寫了郵寄的地址。十天半月以後，這事都忘到腦後面，照片卻收到了。兩張小，一張大，附了底片，拍得很好。仰角的鏡頭裡，他手撐在胯上，身後藍天白雲，前景裡看得見艙房的屋簷，簷下面還掛了一捲纜繩，就知道是在船上。他們老家的男女，生相都標緻，似乎有南亞人的種氣，高鼻梁，寬額頭，雙眼皮的多，張建設也是，神情軒昂，無限風光的姿態。

現在，張建設的計畫是上岸。他們還在青壯，岳父母卻是向晚的年紀。兩位大人都有肺弱的跡象，關節也開始變形，使他想起自己早逝的爹和娘。看見舟生腰裡繫著繩子，被母親牽著在甲板上蹣跚學步，想到的是自己，他們不能世世代代做「貓子」。並不是對身分抱有成見，如今，誰敢小視張建設呢？漂流的水上生活總是無根之萍。古代聖賢說，無恆產者無恆心，他是個有恆心的人。和存在決定意識的唯物論反過來，意識決定存在，就是要用一顆恆心創造恆產。不能說是自小的立志，提早十年，莫說十年，五年，三年，甚至僅僅一年前，他也不敢去想，可是，如今不是有實力了嗎？從這裡說，恆心又是從恆產裡起來的，還要回到唯物史觀。就像先有雞先有蛋的問題，其實是個循環的關係。所謂上岸，落實到行動，很簡單，就是造一座屋。錢不是問題，建材對別人也許是問題，對他卻不是。做運輸，沒少和磚瓦水泥鋼筋木材的供應商交道，人脈很廣，難處在於地。他們被人蔑稱「貓子」，這「貓子」兩個字從詞源上看沒什麼不是的，硬生生讓這營生背上汙名，歸根究柢，就是無地。無地則無籍，無籍則無名，無名則無族，而為烏合之眾。張建設倒沒有改寫歷史的遠大目標，他向來沒有目標，只有計畫。計畫的第一步，也是基本的一項，就是地。

地，這一件事情，唯有一個人能辦，誰？還是書記大伯。書記是岸上人，統管平地七個生產隊再加兩個水上生產隊。聯產承包，分田到戶，一系列改革，公社還原為鄉鎮，生產小隊還原自然村，在生產大隊的基礎上聯合自治。這樣大隊便成為國家行政系統的末端，同時，計畫經濟體制也在這一節渙散開去。大隊書記現在叫村長，出自於民選。農村的事情，哪一朝哪一代，明裡暗裡，主導性的力量總是來自宗族。書記的李姓是大姓，所在也是大村，幾乎占大隊人口一半，無論上級任命，還是現在的民意，都和它有關聯。書記大伯和張建設不是族親，在後天的緣分，一個由另一個撫孤，另一個呢，眼看到了托老的時候，生親不如養親。在這通常的人情底下，有更深的淵源，兩個都是人裡的龍鳳，嘴上不說，內裡卻惺惺相惜，視對方為忘年知己。所以，張建設才有膽開口，向書記大伯開口要地，地可是鄉下人的命！

多少也應了世事變化。分田的時候，借了縣裡測量局的人和尺子，連地埂地邊都不放手，橫來豎去地丈量。但種田的興頭很快被工業熱潮蓋過去，春種秋收週期緩慢，收益有限，哪裡比得上機器！零散的地塊又三三兩兩合起來開廠。土地流轉中，實際面積又被利潤統計蓋過去，價值就有了漲縮。書記大伯在村子低窪處，近河灘的位置，切下半畝地。張建設不能讓書記大伯為難，他以高於通常的錢數向村委會買下三十年租期。這時節，土地市場沒有過明路，憑藉約定俗成，民間的交易其實相當活躍。

張建設的財力足可以造樓，但只蓋了五間平房，他不願壓過村人，尤其書記大伯的風頭。村人們收留了他，他永遠是謙卑的。龜縮在莊子台基底下，彷彿稍不留意就踩平了，漸漸地起來一股子生氣。白牆黑瓦，前後各留一條園地，南院窄些，鋪了磚，貼牆排幾行盆栽，海棠、芍藥、月季，大瓣的花，姹紫嫣紅。北院種菜，支起架子，上面豆角、茄子、西葫蘆，底下南瓜，一盤一盤，中間是豌豆莢，綠生生的。

修國妹的二胎就生在這裡，取名園生，聽起來像男孩，但要看這園子，就知道是個女孩無疑。雖然有生育制度管轄，船民們卻依舊多生多養，水上飯總是風險大，人口就是保障。反正，船一開出，無有定所，誰也不認誰。集體制解體之後，就更自由了，「計畫」內的政策對於他們基本失效。但張建設依法繳納了超生罰款，他不能讓自己的兒女「黑」掉，接下來，戶口落到何處？什麼事難得倒書記大伯呀！人場官場，可謂縱橫家。土地使用權和所有權，宅基地和「地上物」繪在一鍋，分盛碗裡，你中有我，我中有他！還是拜世道所賜，八十年代開初，所有物權都在重新定性定量，事實上就是再次分配，變通的渠道很多，左右逢源，最終以居住地開立戶籍，由這初生兒頂了門戶。將來，張躍進復員轉業，小弟大學畢業，小妹呢，也正在高考，帶走水上戶口，落回來就是陸上人。世事難料，後來誰也沒有回來，連園生都離開了。張建設算得上思想超前，結果，還是被歷史抄了近道，那真是和時間賽跑的日子。

兩位大人安置進新房，舟生留下，吃奶的園生縛在母親背上，再出船去。頭一個孩子修國妹連尿布都沒怎麼換過，這一個從落地起就黏在身上，自然寵溺得多。兩個都有一方偏袒，誰也不受委屈，是理想的家庭。那小工幼年吃苦，壓抑住了，以為不會長了，想不到上船後放開吃喝，發起來，躥得和張建設一般高，身子是少年人的細弱，秉性卻很穩重，也隨張建設。不像人家的小工，稱主家「師傅」，而是叫「爸」，修國妹卻是「師娘」，排陣有點亂，意思是對的。時間久了，兩人真彷彿認了一個大兒子，就把「小工」叫成名字，後來又變「大工」，聽起來是「大公」，像日本人。岳父母上岸，原先那條船修補修補，讓「大工」掌舵，跟著張建設，裝一樣貨，吃一鍋飯。漸漸地，園生下地走路了，腰裡繫根繩子拴在她媽身上。有一日，叫大工吃飯，人沒有來，下一頓也沒來，問他怎麼吃的，低下頭期期艾艾說：今後自己開灶，不勞累師娘了。兩人共同「哦」一聲，修國妹想，孩子大了，有了相好，要娶媳婦了；張建設想的是，大工要做小老大了。算起來，大工跟了他們四年半，蘿蔔乾飯當出師了！於是，當下擬定船租，比慣例少抽一成，再分出一些貨單。看他的船漸漸走遠，馬達聲噠噠地擊著水面，很久很久，難免是惆悵的。大工的離去卻打開思路，他何不多買幾條船，招幾名老大，按比例收益。多年的經驗告訴他，單憑自家，即便從晝到夜，再從夜到晝，不過掙一份衣食，過日子盡夠了，也只是過日子。張建設的心要比尋常日子大出那麼一點，通常叫做事業心的一點。以目前的財力，額外置辦船是吃力的，當然，傾其所有也湊得起來。可是他不想回去那個捉襟見肘的草創時期，吃二遍苦，多年的勤力都白費了似的。再講了，事業是他的，多少有私心的成分，不能為自己侵害家人的利益。這些樸素的守成的計算，其實體現出「有限公司」的初級思想。書本上的教條，在他是切身體會，也意味著一個鄉下人正走入現代經濟社會。

他去到縣城農業銀行。還清最後一筆貸款，已經過去三年時間。推進玻璃門，還是那個營業廳，窗口裡也是過去的面孔，但他卻像經歷了翻天覆地，不再是原先的他，幾乎有洞中一日世上千年的心情。貸款部的男人依然是那一個，還貸時又見過兩面，知道他姓姚，副科的職級，就叫姚老師。倒不是虛稱，因真受教過的，就是發放給他第一筆貸款，帶有啟蒙的性質。姚老師沒變化，只是眼鏡框架變黃，顯出老舊。姚老師從窗口看見他，繞到前廳引他進辦公區，兩人握一下手，顯得很鄭重。如今，農業信貸已經普及，業務迅速增量，但張建設是第一個客戶，又是按期清償的第一筆，就有開張大吉的意思。姚老師記得他的名字和印象，此時卻有點不同，好像長高了，或許是真的，民間說法：二十三，躥一躥，算起來，最近一次見面時，他正二十三。但更可能是歲數的原因，原先的小年輕，長成漢子了。

這一回申請貸款，有抵押物了，兩條機動運輸船，加五間平房，還有良好的信用紀錄，這比什麼都有價值。這又推進了張建設的認識，誠信比實物更重要。臨近中午，他邀姚老師吃飯。姚老師虛讓兩回，答應下來。張建設先行一步，去到新起的酒樓「水上人家」占位，點菜，到後廚撈一條魚，摔在砧板，親眼看著開膛破肚，才又回到座上，從二樓窗口往下看。他的縣和修國妹的同在淮河沿岸，她在北，他在南。他靠過那裡的碼頭，記得滿城的酒糟味，空氣都是發酵的，有一種豐腴，而他的地方因是在下游，受淹頻繁，就要貧瘠得多。這縣城原先只一條大街，向兩邊分出橫巷，所以說它像魚骨。建國初期，拓寬一個交岔路口，設置行政機關，漸漸開出一些國營店鋪，成為中心地帶。到六十年代，建起一幢百貨大樓，所謂「大樓」，不過二層，卻是縣城的制高點。他和修國妹訂婚那年，來這裡逛過。兩人先下館子吃飯，一盤爆炒豬肝，一盤爆炒腰花，特別對鄉下人的口味。然後去百貨大樓買結婚的物件，看見櫃檯裡有白瓷碟子，問多少價錢，女營業員都也不回，說：不賣！修國妹說：憑什麼不賣？女營業員說：不賣就不賣！一裡一外的對嘴。百貨大樓的女營業員，都是天仙，凡人夠也夠不著的，可天仙變起臉來，比厲鬼還快，原來是「畫皮」。修國妹平日顯不出，這時節連他都驚呆，竟然這麼嘴利，句句占理。女營業員哭了，梨花帶雨的，又回復天仙模樣。就有人出來勸和，裡面人哭著說：難道你要買我身上的衣服，我也要賣給你！於是明白，那白瓷碟子本是個盛器，裡面的螺絲帽，螺絲釘，才是出售的商品。兩人走出門，站在台階笑了半天。

忽聽有人說：一個人笑什麼？原來姚老師來到了。趕緊起身讓座，問喝哪種酒？姚老師說酒不喝了，下午要上班。於是招來服務員，泡一壺頂級黃山毛峰，冷盆也上來了。面對面和姚老師吃飯，有一點恍惚呢！似乎不太真實，同時呢，又再自然不過，彷彿之前所有的日子，都是奔著此情此景來的。

姚老師是街上人，出身一般人家。父親在機械廠做工，母親沒有正式職業，有時在澡堂賣水籌子，這裡的澡堂，兼營熱水店，有時到縣醫院做清潔，兒女未成人自己又年輕的時候，到河碼頭拉過水，一個汽油桶的水五角錢。在這個幾萬人口的江邊小城，就業的機會十分有限，他們這樣的老戶算是好的，路數多人脈廣，就找得到活計。姚老師是長子，家裡盡力供他讀書，高三那年正逢文革上山下鄉，就近插隊城郊。出身清白，本人又努力，巧的是，第二年地區辦五七大學，便推薦上了。原則是哪裡來哪裡去，但也有幾個按需分配，他就在其中。先是在底下供銷社，再到縣農行，加起來已有十年光景，算得上業內的老人。底下一串弟妹，亂世裡長大，沒學到本事，倒混了習氣，進不去廠子，又不肯務農，高不成低不就的，最後都閒在家裡吃娘老子的。如今，因這大哥的人脈，一個個有了事做，大集體，小集體，總歸是飯碗。父母方才歇下來，舒心一段。緊接著，就是男大當婚女大當嫁，除妹妹出門子，餘下四個兄弟加他自己，都是進人口的。姚家只有小兩間房的地皮，張建設悟過來，城裡街上，也有地的難處——大的結婚占一間，二的占第二間，上輩人擠回原籍，幸而那裡留了一間舊屋，等三的娶親，擠出的就是他了。從單位分了一間宿舍，剛搬過去，四的媳婦說定了。二和三可沒那麼好商量，也是沒辦法，一個在碼頭做搬運，一個也在碼頭，名義「糾察」，實際是水警下面不入編的社會管理，類似民兵的組織。不發制服，臂上套個紅箍，手裡持一根警棍，再銜一枚哨子，就是全部的裝備了。權力卻很大，客輪乘載大多鄉下人，畏首畏尾的，於是分外囂張。領著上客走隊形，非走直了不算，下客則相反，要將人群驅散，放羊似地漫在河灘。一早一晚兩班航次，餘下的時間便是抽菸打牌。這種行當專會培養粗惡，所以，這一個最難纏。老大的權威靠實力支持，本來資源就有限，分攤到各人更微薄了。姚老師是家中唯一讀過書的，接觸都是斯文人，脾性磨軟了，怕的就是硬上的那種。無奈之下，給四的賃了私房，替他交租金。這樣，三又不幹了，要與四對換，兩兄弟便鬧起來。外頭沒消停，裡頭又起波瀾，姚老師的允諾，他媳婦不認。幸虧平時攢下些私房錢，支應了這頭，再對付那頭……

聽姚老師絮叨家事，張建設極為震動，想不到日子竟然過成這般窘急。他向來以為喪父喪母是天譴般的慘事，不料想有父有母可生出如許煩惱糾葛。他以為城裡人不必掛慮衣食，卻是比衣食更無從解。所以，他想，人世就是苦，不論從哪裡起因，又在哪裡生成，終是要面對和克服。

這一趟，不只從農行貸款，更要緊的，和姚老師做了知己。兩人相差整十歲，這個距離在青少年幾乎是隔代，但人向中年，卻是平輩的兄弟，隨著社會上的進退，甚至會重排長幼的序列，他們之間漸漸顯現這樣的趨勢。張建設始終不改口「姚老師」的稱呼，可是有時候，是他替姚老師做主張。其時，他買下三條二手船，將其中成色新的租給姚老師的四。這四是兄弟中最末的一個，家中所有被上面幾個層層盤剝，到他則殆盡無餘，大哥的人情也用到頭了，這也是姚老師格外幫他的原因。這四本來有些隨大的，本分，指望他多讀幾年書，有個公家的工作。但家庭是那樣的氛圍，出一個姚老師已經是奇蹟，初中勉強畢業，在手管局做臨時工。手管局底下掛靠無數單位，多是作坊式小企業，打鐵鋪子、石灰窯、漁具廠、五金店，五花八門，沒個主項，總之，凡夠不上國營工農商部門的，都歸到它。所謂「臨時工」，其實就是雜役，倉庫守更巡夜、拉板車送運貨、安裝門臉、燒水掃院，任人差使，學不到手藝，還受憋屈。卻不耽誤找對象，這家的子女，包括姚老師本人，都遵循國家婚姻法規定，男二十，女十八，準時嫁娶，年齡又壓得緊，一個挨一個，容不得喘息。張建設提出這辦法，一是為姚老師解困，二也是看四的老實可憐，要是二和三，他就不敢擔責了。

四的船，重上一遍防水漆，艙房尤其刷得簇新。四的對象是街上人戶，現在，張建設知道城裡生活的侷促，格外送一架縫紉機和自行車，當年娶修國妹時候的「兩輪一轉」。喜宴辦在姚家老屋，排了一巷子桌面，是給四撐腰，不叫哥哥們欺負，也給大的長了威風。張建設和修國妹被請到上桌，和兩家大人，還有姚老師的領導同席。雖是最年輕，但領導帶頭，都稱呼老大和老大師娘，害他們不停地起身敬酒，一杯一杯喝下去，師娘面無變色，老大倒有些撐不住了。

現在，張建設連他自己，總共五條船。對於一個剛起步的船東，恰如其分，輸也輸得起，贏呢，眼前的路長得很呢！

三

修國妹的弟弟修國華，家裡叫做小弟，晚她一年半。因底下一年半有了修小妹，母親要哺乳，就把他交給大的了。修國妹七歲上小學，他只五歲半，也跟著去學校。鄉下的小學，有一半是托幼，家中管不及的孩子，送去消磨時間。他們是住宿，男女不分橫排睡一張大床，因為擠，也因為鋪蓋不足，都打通腿，姊弟倆就合被窩。爹媽走船，十天半月看不見人，那小的白天還好，有許多事情分散注意，到夜裡想起來，直哭直哭，怎麼哄也哄不住，招來許多嘲罵，被叫作「哭死寶」。大的自然不依，一句回十句，一人對十人，那張利嘴便從此時煉成的。後來上到三四年級，學校翻了房子，分出男女宿舍，她的被窩進來小妹，出去小弟，剛治好的夜哭症又發作了，這一回是哭他姊姊。修國妹就隔牆罵，罵那些耍笑他的人，罵到小學畢業。大的二的上公社中學，剩下最小的。這修小妹是另一個路數，不單自家姊姊，天下人都是她姊姊。來到不久，已經鑽過所有姊姊的被窩，讓所有姊姊梳過小辮。哥哥姊姊走，她非但沒有眷戀，凡是竊喜，因為自由了。姊姊要管束她，哥哥呢，讓人難堪，被叫做「哭死寶的妹妹」。她不像姊姊那樣抗擊，而是迴避，撇清關係，佯裝沒感覺，表示「哭死寶」是「哭死寶」，自己是自己。一方面，是和兄姊分開長大，難免感情疏離，再一方面，獨享父母照顧，多少有些自私。總之，他們三個，合力看，上面兩個親，底下一個獨。分開說，則兩頭強，中間弱。整體上是平衡的。

「哭死寶」卻也有自己的優勢，讀書。若非此長，即便姊姊扶助，也難立足。少年人群是個蠻荒社會，遵循叢林原則，弱肉強食。學習畢竟是校園生活的主流，就可出奇制勝。在鄉下小學裡並沒顯出山水，男孩都是後發，他又比人小一歲半年紀，走路都不穩，鉛筆握得住嗎？只能勉強跟上，不至於脫班。到了完中情形大改，每學期考試都往前排幾位，初中三年級便名列第一，免試晉級高中。這時節，姊姊回船上幫父母幹活，小妹小升初，也是修國妹的主張，如他們這樣吃水上飯的人家，要想在岸上謀個立足之地，讀書是個途徑。知識青年上山下鄉，村裡也派到學生落戶，大多是頹然的，偷雞摸狗，糟踐莊稼，鄉人們都以為墮落不可救，修國妹看到的恰恰是，這些人另有一種命運，他們遲早回去城裡，開展前途。修國妹自詡讀過書的人，比周圍人有眼界，曉得天地的廣大，人在裡面的小，唯其如此，才會有機緣，雖然不知道前面有什麼等著，走過去，說不定哪一時迎面撞著，可不是嗎？她遇著了張建設。

小妹其實不是讀書的材料，可她喜歡集體生活的熱鬧，也受集體歡迎，屬社會型人格，和小弟分處兩極。他們長得不像，很少有人認出是兄妹，沒人喊小妹「哭死寶的妹妹」，事實上，「哭死寶」的諢號沒人知道，現在叫的是「白先生」。他長得白，船上人很少見這樣的白皙，一個男孩生成瓷樣的皮膚，簡直是浪費，所以，這「白」字裡就有一點戲謔。「先生」則是同學們封的，老師有事外出，常常讓他替班上課。開始也有彪悍的男生欺他，也曾哭過，但老師不依。高中的男生站起來和男老師一般高，有時候就要講武力，面對面地開打，幾次過後，便怵了。「白先生」的地位漸漸成為公認，小妹不再迴避親緣關係，還特特告訴人們，「白先生」是哥哥，雖然從不稱他哥哥，總是「小弟小弟」地叫。這就換作「白先生」躲她，嚴格說，躲她身邊一雙雙眼睛，那眼睛都會逼人的。女孩子通常早熟，又盛行一種風氣，和高中生交朋友。「白先生」可說學校的菁英階層，長得好，還是同學的哥哥，正合乎戲文裡的風月情節。白先生上面的姊姊，下面的妹妹，都是強勢的人，使他格外對女性生畏。面對小妹一幫同學，真有羊入虎口的意思。這場追逐中，小妹最得意，既有臉面，又有實惠，因都來巴結她，爭相做她摯友。她有意無意地，拿哥哥作人質，索取好意，心裡卻清楚「白先生」的斤兩，無論表面多麼風光，終是個無害無益的傢伙！

小弟高三畢業，正逢全國恢復高考，進了省城的工業大學。積壓十年的考生一併湧入高等學府，他是應屆，又早讀書，班上最年長的那個，差不多生得下來他。「白先生」自然做不成了，即便同學，他們這些小的，也屬籍籍無名之輩。一九七七、七八年的校園，是文革前初高中，人稱「老三屆」的天下。從動盪年代過來，經歷社會實踐，抱著改變現實的激情，書生造反，只在務虛。於是，創建社團，組織論辯，出報出刊，演戲演劇，一時間風生水起，如火如荼。小弟們插不進嘴也插不進腿，走道都是擦邊，除去課業別無其他。這樣的邊緣狀況，到了大三大四，逐漸起了變化。還是那句話，校園生活終以向學和求知為主流，也意味著教育回歸正途，修國華有點脫穎而出的意思了。鄉鎮中學的頭名狀元，在來自全國的生源中，至高不過中游，頭年打基礎，次年起跳，第三年便騰空而躍。他的專業是電氣工程，任課老師建議他考研，轉電腦方向，其時，電腦在中國還在普及階段，國外已經呈現新業態。小弟的學習稟賦，體現在專一，他特別能夠集中注意，亦步亦趨地進到深處，卻不太具備聯想的能力，觸類旁通，簡單說，就是路子窄。老師的建議確實挺有針對性，拓展知識領域，改造思維模式，同時呢，也指出下一步的目標。靠他自己是想不到的！

暑假回家，姊姊結婚，他第一次見到張建設。他又拔了個子，姑舅兩人站在一起，舅子高出半掌，體魄上，不及姑爺的半身。細長的身條，臉更白了，架著副眼鏡，比姚老師的新款。張建設暗想：不像修國妹的弟弟，倒像兒子！小弟則覺得姊夫和姊姊很配，都是有力氣有主張的人，罩得住自己。

下一年，小弟本科畢業。因本校的電腦專業是新創，程度有限，還是老師做主，放棄直研，引薦報考隔省的大學研究院，通過卷試面試，順利錄取。過完暑假，即去就學。本可以走水路，開自家的船，沿途有幾個貨點，方便接應，還可看風景，好比古人趕考。但多年讀書，也許用腦過度，還是環境影響，逐漸養成暈船的毛病。聽起來挺奇怪，水上人家的孩子不服水。因為這個，他連續幾個寒暑假不回家，修國妹結婚，回來了，是住在書記大伯家裡。所以，就改陸路。

去省城上學，是修國妹送的，這時候不巧，舟生未滿百日，掛在奶頭上，就由張建設出勤。小妹自聽說有南京之行，便一逕鬧著也要跟去。大人都不同意，是從盤纏計算，節儉裡過來，眼下的日子都覺得造孽了。修國妹向以為這個妹妹和他們兩樣，有「街華子」的浮浪，不是根性裡帶來的，而是風氣所致。她和上面兩個相差沒幾歲，可就這幾歲裡社會轉變，從不足走向有餘，是好事情，卻也讓人不安。內地鎮市的物質世界尚可估量，省城就難說了。小妹多次起意到合肥看小弟，都被扼制住了，這一回無論如何不肯罷休。多少出於無奈，修國妹轉念想，到大學裡走一走，或許激發上進也不定。小妹很聰敏，即便心思不在讀書，也混到居中。其實呢，還是寵溺心作祟，在她眼裡，弟弟妹妹永遠長不大。有了舟生，自己做了母親，照理他們也長了輩分，可卻相反，一併做了她的兒女。最後，就站到小妹這邊。張建設對大學不熟，內心難免生畏，舅子是只能人幫，不能幫人，有小妹一同探路，總歸踏實些，卻又不好忤逆岳父母，等修國妹態度出來，事情就定了。

這三個人搭長途車到蚌埠，天已向晚。先在火車站看班次，買第二日的票。離開售票處站在馬路牙子上，張建設想吸支菸，就有女人擁上來，拉他們住店和吃飯。走過兩條街才算突圍，剩下零星三四，尾隨兩個路口不見了。張建設知道凡車船碼頭都是法外之地，有不可測的危險，寧願走遠，到中心城區住一家大賓館。他們一行都沒進過賓館，一推門，迎面而來幾個外國人，以為去了不該去的地方，張建設撐持著率先往裡走，那一夥人不及後退，差點讓行李箱絆了，後面兩個小的緊跟，小妹差不多是從對面人的腋窩底下過去的，只聽一陣「索來索來」的疾呼。此時，卻又邁不開腿了，光從上下左右照射，隱隱地傳來音樂，水晶宮一般。恍惚中，有人引他們到服務台前，裡外的男女也都是水晶人似的，閃閃爍爍。辦好手續，乘上電梯，升、升、升、停，門打開。聲光電收起，地毯上的栽絨發出一層薄亮，卻是又深又軟，把腳步聲吃進去。在靜謐中走過一扇扇緊閉的房門，門上刻著號碼。三人分作兩間，張建設和小弟一屋，小妹自己一屋。各自收拾了再聚一起，商量吃飯的事。張建設問弟妹們，「索來索來」什麼意思，是不是責怪他們無禮？兩個小的告訴說，恰恰相反，是向他們說「對不起」。張建設說：那還是咱們失禮了！

說一會話，便出門乘電梯下樓。適應的緣故，大堂裡的燈光不像起初那麼眩目，玻璃門外則一片燈海，車和人行在其中，都帶了一束光似的。沿街走去，挑一家門臉敞闊，掛紅燈籠的。果然軒敞得很，橫豎排開，幾乎有上百張桌，因是現燙現吃，就可從容照應。鐵鑊子嵌在桌面裡，隔成太極圖似的兩部，分紅湯和白湯，名為鴛鴦火鍋。他點了牛羊肉，魚蝦海鮮，再加各樣蔬菜，粉絲麵條，又格外端上七八種蘸料。小弟心生不安，問姊夫花多少錢，張建設說，錢掙來就是為花的，重要的是物有所值。小妹說聲「吃」，便下了筷子。他喜歡熱剌剌的紅鍋，小弟卻沾不得星點，只在白鍋裡涮，小妹則紅白鍋穿梭來回，小弟就嫌她混淆了辣和不辣，小妹不理會，兀自左右互動。於是招來服務員加一雙筷子，令小妹分食，這才安定局面。同行不出一日，張建設已經領教這一對姨舅被慣得不輕，一個不經事，另一個專惹事，到社會上去，各有各的難為。他並不生嫌隙，倒是羨慕有父有母的孩子，不像他們兄弟，煢煢孑立。張躍進去部隊已經三年，還未探親一回，平時不怎麼想起，想起就有一股辛酸，好在熱氣遮臉，花了眼睛，慢慢地，喉頭的堵下去了。

吃完肉菜，下一束掛麵，七分熟撈起，拌進佐料，再喝兩碗湯，盤碗都乾淨了。結帳離桌，走出門，涼風兜頭吹來，一身透汗，腳下輕快，就在街上漫走。不知覺中，轉上岔路，路燈逐漸稀疏，終至全無，倒也不見得黑，因為有天光。兩邊的房屋矮下去，路也寬闊了，風鼓蕩起來，卻是濕潤的，就有點沉，貼著人的臉和身子。前面綽約斷續的燈亮，橫陳一道高堤，越走越近，只看見大柳樹間拉著電線，綴著五顏六色的小燈珠子，底下一溜攤位，衣服鞋襪，日用百貨，南北乾鮮。接著一段小吃鋪，自己撿了魚肉蔬菜，過了秤，交給掌廚的，或煎或炒，或汆或烤，熱火烹油的，十分蒸騰。走過去，又是衣服鞋襪。小妹走不動了，眼巴巴地來回看。暗夜裡的燈本來就有一種詭譎的色彩，光影交錯中的織物，花團錦簇，真彷彿羽衣霓裳。和百貨公司櫥窗裡的展示不同，一是量多，二是款式奇異。攤主大多態度倨傲，不在乎買賣，其實志在必得。像小妹學生模樣，不掙工資，又沒大人陪伴，只不過解個眼饞，更不會搭理了。女老闆繞出攤位，也不開口，抬起胳膊肘子，人就頂到一邊去了。小妹哪裡受得了這個，胳膊肘頂回去。女人倒吃一驚，又笑了，捉住小妹的手，湊到亮處翻來覆去看，說勾了面料上的絲。小妹抽不出手，任女人一個指頭一個指頭捋過去，縱然有千百句厲害話要說，卻讓眼淚噎住。最後，女人鬆開手，說道：要買才能摸！還在小妹身上摸一把，言語和動作透露出猥褻，小妹終於哭了。已經走遠的張建設和小弟折轉身找她，見她僵直著身子，站在樹影的暗處，看不清臉，覺得有事，卻想不出什麼樣的事。張建設說：看中什麼了，咱們買！小妹說：不要！扭頭就往來路去，那兩個疾步跟隨。張建設想再看河上的船，卻也只得走了。走到賓館，分頭進房間，張建設和小弟說了會話，這妻弟本來口訥，和姊夫又生分著，不過是敷衍。於是，相繼洗漱，各自歇下了。張建設注意聽隔壁小妹的房間，沒任何動靜，反有些不安，倘若有個短長，怎麼向修國妹交代？勢必早去早回。明日出發，當晚夜車返回，家裡還有許多事，繳貸款，收租金，船上的馬達要保養，籌劃著給舟生辦百日酒，想到舟生，不禁生出萬般的欣喜，忽然間歸心如箭。

以下的行程都按張建設計畫走，將小弟送進學校，立即領小妹奔車站。小妹沒提什麼意見，聽從姊夫安排，這也有點反常呢！顧不上多想，晚上八時整，登上京滬線快車，向北去了。火車啟動，有一段經過市區，華燈夾道，廣告和路牌在空中勾勒出紅綠的線條和立方體，旱橋下的車流是光的河，驚鴻一瞥，不夜城滑出視野。晨曦中，車到明光站，張建設先下去搭船，修國妹在碼頭等他，留下小妹，獨自北上。

下一年暑假，小弟回鄉探親，就已經是陸上人家，不再有暈船之虞。家中常住只有爹媽，但處處有姊姊的手：專給他辟出的單間，桌椅床櫃，一應用物俱全；白粉牆上貼了各樣獎狀證書，是從小學中學到大學；藤書架上是學過的課本，還有閒書，以武俠小說為主。自此，每年寒暑兩假他都回來。不曉得姊姊在哪片水上，飯桌上的鮮菱角、野茭白、雞頭米，分明走船人放下的；房間裡的新跑車、隨身聽、澳洲的羊羔皮，種種稀罕，不也是走四方的採買？臨近歲末，姊姊姊夫帶著小外甥，一幫人呼啦啦進門，他倒跑開了。至親就是這樣，不見想，見時躲。隔年的寒假，添了園生的啼哭，小弟向來怕吵，從功課裡抬起頭，尋到搖籃跟前，用眼睛瞪視，瞪到她收聲，忽地笑了，才知道彼此是喜歡的。再到暑假，園生已經滿地走，牽著繞到屋後，穿出山牆間的夾弄，上了堤岸。抱起園生，看河上的船。彷彿看見了自己，也像園生這麼長短，負在姊姊背上。後來，下地走了，一根繩子拆兩股，分別繫在姊弟腰裡，再合一股繫在艙門的柱上，就像一對拴著的螞蚱。拖拽著跌倒爬起，臉對臉唱〈拍手歌〉，船在身下搖，竟一點兒不暈呢！再後來呢，園生換了舟生，一個跟船走了，一個留在岸上。都是姊姊的親骨肉，喊他舅舅的人，但和那一個親，這一個遠，就像姊姊和姊夫的區別。總之，每每回家，都有變化。

這三年裡，小弟碩士畢業，直升讀博。小妹頭年高考落第，下年再落第，直到這年，考上皖南一所師範。姊夫手下的船翻了倍，自己的那一艘僱了船工，專做幾家老客戶，不為生意為的情分。縣裡買下商品房，受政府獎勵，落了城鎮戶口。二老留戀這院子，棄船上岸，還沒住熱乎呢！因此姊姊一家先過去，舟生眼看上小學，縣裡的學校自然好過鎮上的，園生呢，要進托兒班，鄉下可沒有這個。修國妹不跟船了，管岸上的交道，兼顧孩子。好比快刀切菜，順遂的日子總是疾速的，回頭看，都要嚇一跳，竟然走出這麼遠。不單是他們，四周圍也都變得不認識。縣城拓展了，原先城關的分洪閘一下子到了中心區域，成為地標；土路鋪上柏油，栽種行道樹，甚至立起信號燈；平地起來高樓；碼頭的河灘修築台階，辟出方場，圍一圈花壇；露天汽車站現在玻璃鋼頂棚底下一排排連椅，日光投進來綠瑩瑩的，班次增添十數趟，公路向四面八方輻射，交匯，輸送人流和物流……

無數河汊被填埋，主幹水道變得擁簇，往來繁忙，顯得格外興隆。事實上，別人也許沒注意，卻躲不過張建設的眼睛，他看到，水運的總量在迅速下降。不說別的，輪渡客就在減少。數一數停泊點的船家，也在減少。最關係生計的，貨單在減少。連他這樣的老碼頭，都吃過退訂，也有的，是買他面子，勉強維繫著，同樣躲不過他的眼睛。陸路比水路時間短，運載多，吃用開銷低，汽車就像公路破出膜的魚籽，反過來，汽車又催生公路，他不也買了一輛上海牌小車？更要緊的，就是鄉鎮廠式微。這一波興起的都是織印、建材、五金、小化工企業，流程簡易粗疏，快速獲利的同時也快速污染環境，河面上肉眼可見柴油漂浮，碼頭上水客的號子聲不知何時沉寂下來，替換的是打井的鑽機轟鳴。街上人家，院子裡巷道裡，甚至機關駐地，都在開鑿地下水。國家垂直省、地、縣，一路設置環保部門，眼看關閉潮就要來臨，內河裡的船運也到收尾。就在這時候，發生一件事情，張建設的轉折不能說直接起因這裡，但卻是關鍵性的推動。

這就要說到李愛社了。張建設不是介紹到明光鎮上的窯廠做銷售？頭二年業績不錯，人脈鋪得很廣，都有浙江的訂單。浙地的自由經濟分外活躍，溫州那一帶從來沒有消停過個體買賣，舊時代叫做投機倒把，軍區都動用直升機衝擊交易市場，世道輪轉，到今天卻應了潮流，成為先驅，連山林海島河灣都允許私人買賣。俗話說，窮算命富燒香，自古來「淫祀」的傳統，收斂幾十年，這時候又續上香火。鄉裡村裡，街裡巷裡，起來無數寺廟，一邊是磚瓦需求量大增，另一邊則用地緊湊，供應不足，於是四處進貨，聽起來也合乎情理。張建設每回遇書記大伯，多是喜訊。最近的消息，是在上海開發業務，雖有誇張之嫌，但這是個勇進的時代，只有想不到，沒有做不到，所以也信了。其實，以張建設的眼光，是可看出破綻，他多少有點存心的，半睜半閉地，讓開了，不想讓書記大伯掃興，或者，也怕給自己惹麻煩，可是現在，麻煩來了。那窯廠裡有張建設的熟人，否則也不能走人情，事後知道，李愛社主管銷售，從簿記看，收益漲幅明顯，但至少一半用於推送渠道，並且不斷擴大，相應之下，回款就有限了。工人日夜加班，一批批出貨，上船上車，一溜煙地不見影，打水漂似的。當然，三角債已經遍及全社會，到處都是討債的人，誰也脫不了箝制。但是，刨去正當的債務，或多或少，總也有盈餘，否則，辦企業為什麼？李愛社的做派和口氣都是宏大的，高屋建瓴，鄉下人哪裡是對手！每一次結算都被他嚇回去了，這樣，終於到了發不出餉也開不了工的日子。李愛社造下的虧空，即便在帳面上也蓋不過去。那些浙江、上海所謂的鋪貨點，他聲稱投資失敗，全是虛擬，實際是吃喝交際，再加受騙上當。這才叫山外有山，他設套，人家設套中套，箍桶似地越箍越緊，終於逃不過了。民間的習俗是講私了，第一，老百姓怕見官；第二，打官司費時費錢還傷面子；最後，就算勝訴，把人打進大獄，就算兩清了。窯廠的本錢，一半集體，一半集資，關門熄火，於公於民都不好交代。廠領導商議，還是要找個居中的人頂事，冤有頭債有主，順藤摸瓜，就到了張建設這裡。張建設先嚇一大跳，緊接的念頭是，他逃不掉的，兩邊都是他的人！於是，毫沒有猶疑，一口應承。他沒有去李愛社家找人，生怕他父親難堪，但岳父母卻上來了，說書記大伯去了家裡，都哭了。就知道，不能有片刻拖延。

事情簡單得很，兩個字：還錢！說起來，張建設有了事業，錢卻不如沒事業的時候湊手。怎麼說，那時候，哪怕只有一塊錢，也是自己做主的；現在，百萬家財，卻是套在人家手裡，所謂「人家」，或者銀行，或者房產商，或者發貨送貨的上家和下家，有他欠人，也有人欠他，需要變現了，才能挪動。最終，他決定賣船。因是急著出手，降了一二成；單方面終止期約，又補償租戶違約金，所以，三不值兩，一條船不夠，再加一條，把李愛社的饑荒平掉了。這一切都是張建設和窯廠直接過從，事主都沒有露面。交割完畢，張建設即登門書記大伯家，報告結果。大伯低著頭，髮頂花白，原本一條壯漢，卻已經是老人了。張建設想到那句老話：你養我小，我養你老。但不好出口，人家是有兒子的，要他養做什麼？自己受的恩情，做兒子都不夠還的。說不出話，屋裡屋外看一遍，大伯不抬頭也知道他看什麼，遂說道：那冤孽去南邊！其時，「去南邊」往往是奔前程的意思，心想，李愛社要東山再起。緊接又懷疑起來，起得來嗎？究竟不好細問，也不便多留，像是邀賞似的，說了聲：保重，大伯！起身走了。下了台子，過去村道那邊，進自家小院。家前家後打理得更加齊整，豇豆棚葫蘆架一層高一層低，底下爬著南瓜藤，已經結紐，二老的日子很興旺。朝屋裡喊了聲：走了！岳母跑出門，就只看見一個背影，上了河岸。

李愛社的事故，讓張建設提前收攏船東的生意，賣船的經歷又一次敲響警鐘，內河運輸的黃金期在頹勢上，他們的機動船也老舊了。而且——這些日子他放空船任意漂流，不知覺中從淮水到洪澤湖，再到運河、邗江、長江，直下江西九江，臨鄱陽湖，煙波浩淼中折轉，溯源而上。原先密集的河汊多半填地修路，主河道架上許多新橋，漲水期裡，河面淹到橋台，稍大些的船隻便無法通行，行話叫做「悶橋」。於是，尚存的支線就擁擠不堪，就像城市交通高峰時段的堵車。他不趕趟，就總是讓和等，看一條大船從洞口露頭，漸漸出來，艙棚頂上站一個小女子，短褲短衫，抬腿舉手，嘴裡嚷嚷著，不覺笑起來。因為想起修國妹，初次遇見的樣子，大不過這孩子的年齡，心裡就又著急起來，不知道此時此刻，她帶了舟生園生在做什麼。於是開足馬力，左突右進，竟然在一團亂麻中擠出縫，針似地穿過去了。從小沒有家的人，總是特別戀家。

張建設還去看了姚老師。姚老師調往公署分行任貸款部主任，隨了升職，底下的弟妹情況也改善許多。弟弟們搬出老屋，鄉下的父母便回城安居，本來在船上住的四弟，在城關買下農業人的宅基地，造起三層樓房，縣城擴大，又將城關鄉納進，倒成了中心區域。那條船還在手裡沒放，張建設只當送他，租金有一期沒一期的，當年腳無寸土之地，如今橫跨水陸兩界。姚老師遷往公署所在地級市，住進銀行自建的商品小區，象徵性收取費用獲得產權，房屋裝修得像五星級酒店，又收拾得乾淨，進門是要脫鞋的。穿了尼龍襪的腳一步一打滑，姚師母的性情也變賢淑了，親自下廚，中午飯是在家裡吃的。

姚老師胖了，眼角的魚尾紋抻平，至少年輕十歲。最明顯的是精氣神，軒昂起來，像個做大事業的人。不知道本來如此，還是文明風氣陶冶，姚老師家的菜式非常清淡，在出力人嘴裡，可說索然無味，恨不能張口要一碟鹹菜下飯，但看起來姚老師家不會有鹹菜。酒是好酒，師母卻限得很緊，姚老師呢，量也減了，二三盅就上頭，眼圈紅紅的，彷彿要流淚。張建設說到轉向的計畫，誠懇請求：還要請您幫忙！姚老師回答了一句奇怪的話，等一些日子過去之後，再回想，方才明白其中意味。姚老師說：我和你張建設的交道，最是清白！

半年以後，張建設投入新行當，就是拆船。不出他所料，內河上的營生正發生更變：貨運上了陸路，客運呢，演變成旅遊項目，興隆的土木工程誕生出另一碗水上飯，挖沙！載著起重機和鏈帶的挖沙船，像坦克，又像砲樓，威風凜凜行走河道，似乎象徵一種前所未有的力量的雄起。淘汰的舊船先是流向二手市場，再從二手市場溢出，流向廢舊物處理。到了這裡，價格幾近倒掛，送的要向收的繳錢。姚老師透露給張建設信息，地方政府開發工業園區，選址在淮澮渦三河交集處，開始啟動招商引資。發展是硬道理的草創時期，農村土地流轉活躍，可說是最低成本。趁此機會拿地，遠算近算都是划算，問題是拿來以後怎麼辦？一不能閒置，二是必在實體經濟範圍，越出去就需要無數批文——如今，專有一行，倒賣批文，都是通天的人物在做。姚老師告訴說：像我們草根社會，見都見不到其中最末的一個！

也是機緣，年前，張躍進回家探親。走的時候還是孩子，此時一長條漢子，個頭比哥哥高，肩膀也寬起來，說話有胸音。沒有穿軍裝，穿的是便服，一件皮夾克。新疆那地方，九月下雪，非皮毛不可抵禦，所以，就是尋常物件。果然，拉開行李箱，一件一件取出來，帽子、手套、靴子、圍脖、羊毛氈子、狗皮褥子，整張的狼皮，眼珠子綠瑩瑩的，像在看人。堆了一床，屋子裡頓時瀰漫了動物油脂的膻味，老少都驚呆。反過來，張躍進也是驚呆，少小失怙，記憶中，就沒有家，忽然間，平地冒出熱呼呼一大夥子人，上有老，下有小，他還做了叔叔。那舟生眼饞他的夾克、軍靴、軍帽裡印著的番號，黏在腿跟前，胳肢窩夾起來，跨到脖頸，就這麼在村道上走。張建設跟在身後，漸漸走到前面，領上了河岸。兄弟倆並齊站著，同時從兜裡掏出菸，互相看看，哥哥取了弟弟的，陌生的邊地的牌子，對了火，抽一口，幾乎嗆著，異族的氣味，咳幾聲，嚥下了。兩人沒有多的話，只看堤底下的船，噠噠的馬達聲響，彷彿從很遠處傳來。幸而有舟生天問般的發問，兩個大人都不及回答，方才不至於冷場。不過，親兄弟之間，再生分也是血脈賁張，燙心！老家的院子裡住了兩天，便隨兄嫂去城裡的新樓，比平房逼仄，但居高，可遠眺。張躍進再一次驚嘆，這小縣城和大都市有何差異，當年新兵出發，就在兩條街外的武裝部上的卡車，望過去，找了半天，才看見雞窩大小的一個院落，夾在樓縫裡。

那幾日，有一搭沒一搭的，張躍進也知道了張建設的規畫，就說部隊裡有一個老鄉兵，是縣委大院的子弟，早一年復轉，走前家裡就定好工作，水利局做科員。他正想看戰友，哥哥不妨也去，興許能得到什麼信息，張建設說好。兩人扒拉些乾鮮水產，事先並不通知，湊個星期天，直接拍上門，果然逮了正著。親不親，戰友情，兩人見面，一個大擁抱，推開來，你一拳我一腳，再擁抱。反覆數次，氣咻咻地歇手，這才看見門口還站著一位。張躍進介紹是哥哥張建設，戰友亮著眼睛道：原來是你哥，早聽說了，大膽創業勤勞致富，上過縣榜的！張建設說不敢當。張躍進又驚呆，哥哥已成名人。這一天餘下的時間裡，都是戰友和張建設說話，張躍進倒成了陪客，他並不覺得受冷落，還高興自己能為哥哥擴展人脈，不定幫得上多少，總是聊勝於無！

戰友比張躍進長兩歲，叫海鷹，是幹部家孩子常起的名字。「海鷗」、「海燕」、「海鴿」、「大海」、「小海」，他們大院，就有兩個「海鷹」，幸虧不同姓，否則就要搞混了。父母是從總參下到省軍區，再到地方人武部。那一年，海鷹小學三年級，說一口北京話，人長得白淨，在縣城裡顯得很突出。應該說，縣委的子弟因政治地位，相對優渥的物質生活，多有一種軒昂的精神。海鷹又更特別些，從小生活在大城市，完全沒有本土氣息。這些外來的家庭對兒女都有著長遠的規畫，他初中畢業沒升高中，直接入伍了。一是上山下鄉運動還未過去，上面的哥哥和姊姊都當兵，按政策他跑不了插隊落戶，於是未雨綢繆；再則，軍隊出身，子承父業，下一代多半也是從戎的道路；事實上，還有第三條，部隊系統好比一個大家庭，自己人總是方便照顧的。海鷹很快入黨，提幹，無奈他不喜歡軍旅生活，不像北京大院裡長大的哥哥姊姊，他在地方上，就算縣委宿舍，還是避不了「老百姓」習性——這是從戰爭年代流傳下來社會分野的稱呼。所以，海鷹就養成散漫不受拘，在參謀一級上復轉，本來有機會到公署和省城工作，但也是自小生活的影響，他就喜歡這個地方呢！早已經學會本地話，時不時地，遭到哥姊笑話。比如，硬幣說成「毛疙」，頭髮說成「頭毛」，盛飯叫作「垛米」。他交下了朋友，不只幹部子弟，也有「老百姓」。這就是他的好處，沒有門戶之見，甚至，「老百姓」的吸引更勝一籌。後街背靜的巷道，鵝卵石路面，自行車軲轆「咯楞咯楞」響，喊著同學的名字，柴門「吱」一聲開了。雜院裡，東家西家的披屋，擠出巴掌大的空地，支著鐵鏊子，底下燒著樹枝。麵糊劃一圈，竹籤子一抹，再一挑，「啪」，翻個身，一張薄餅出來了。晚上留飯，吃的就是它，當地人稱「烙饃」，捲進配菜——桌上至少七八小碟，小魚、蝦乾、肉絲、蒜苔、芫荽、黃瓜絲、醃蘿蔔、臭豆子、雞蛋皮……老話說，隔鍋飯香，也怪他們家的伙食太過陳式化，主食分乾和稀，菜分葷素，從飯堂打來，盛進搪瓷缸，提回家直接上桌。母親一來上班，二來沒手藝，難得下廚，不是生就是糊，他家的鍋都是糊底的。他和他的朋友，在哥姊的眼睛裡有點「俗」，也是「老百姓」的同義詞。但有一項，不得不服氣，那就是，這些朋友，無論男女，長相都十分周正。前面也說過，可能臨水的緣故，還是要遠涉種族，此地人樣貌好。朋友中有一個姑娘，傳說正和海鷹處對象，這大概是他要回來的最主要原因。早戀，也是地方上的一個特色。就這樣，張建設認識了海鷹，由此，走進縣委大院。

四

這是一段激情四射的創業生涯，走過的路可用一句舊詩做形容：「山重水複疑無路，柳暗花明又一村」。拿地，立項，驗資，註冊，企業建制，技術引入，設備購買……曾經幫過的人，現在都成了幫他。駕著上海牌小車，在縱橫交錯的公路行駛，自覺像一隻蜘蛛，將散落的人和事網織起來。腳踩油門，簡直要飛起來。身後的喇叭一疊聲響，催促他不得有一時喘息，他催促前面的，也不讓有一時喘息。都是急切切的心，趕往各自要去的地方。間或想起家人，他們在做什麼呢？大的上學，小的托兒所，他們的娘，得一日的閒空，滿城裡找房子。他們要租一間辦公室，只一間，因是從最底做起，就緊著手腳。修國妹也開一輛車，比他的高一級，桑塔納，插空就開到鄉下園子。二老種的瓜豆，結了果實，來不及採摘，落地再長新一茬。船上人都眼饞青綠，盆罐裡栽蔥韭蒜苔，艙頂下掛一個竹籠，裡面是青蟈蟈，叫出來的聲，也是碧翠。閨女來，必載一車的新鮮菜蔬，再打回頭。順道接回孩子，做一桌好飯，等他回家。小弟小妹讀書，都在近邊的城市，最遠的張躍進。新疆那地方，彷彿天邊，但男子漢大丈夫志在四方，可不是，有升遷營級的跡象了。人人安穩妥帖，十年──莫說十年、七年、五年，甚至僅僅一年前，都想不到的圓滿。他畢竟年輕，又正在風頭上，難免忽略某些跡象，等到後來，回想起來還是有破綻可查的。

說起來和正事無關，不過是旁枝錯節，那就是小妹。自去蕪湖上學，頭一年寒暑兩假都未探家。第二年，學期中間忽來一趟，稱是實習路過，第二日便起腳出發了。下一年，小弟博士三年級，得到公派美國的名額，臨行前的假期，家人囑他到蕪湖，帶小妹同行。到學校宿舍，卻說人已經退學。再到學生部，輔導員是新留校的研究生，都沒見過修小妹，只知道是勒令退學。接著就到了校辦，剛接手人事的老師撿出檔案，竟然記錄有一次警告，一次察看，原因統是違反校規，甚至受警方訓誡，具體情節沒有體現，為保護學生，不影響以後發展，通常都隱去了。小弟大驚，也不敢追問，在他有限的社會常識裡，退學、警告、訓誡，這些辭彙全不存在。匆匆回家，不敢告訴爹媽，怕嚇著他們，只和姊姊說了。修國妹初也是一乍，靜下來又覺正在意料之中，小妹從來不是個安分的人。她先瞞了張建設，讓小弟送兩個孩子上學校和幼兒園，自己開車去鄉下，記得小妹上次來家，哪裡都沒去，倒去了爹媽處，興許留下什麼線索。父親在園裡收南瓜，直接抱了磨盤大的一個裝進車後廂。母親問小弟小妹到了沒有，修國妹說小弟到了，小妹在考試，再說上年回過一次，今年就不定了。母親告訴，來到的那日，先去她大伯家，自己家裡只站了站，丟下些東西就走了。哪個要她東西？要她的人！母親說。修國妹是什麼心，玻璃心！瞬間明白小妹專來打聽李愛社，那麼，十有八九往南方去了。果然，轉身到書記大伯家，問李愛社的地址，說有生意上的問題諮詢。大伯扯下一張日曆紙寫給她，說，那回小妹諮詢李愛社，這回換了大妹，也要諮詢李愛社，他倒成了香餑餑！修國妹更有底了，放下兩瓶洋河大麯，告辭了。

晚上，張建設回家，修國妹才將這一段的你來我往說出來，接下來就要看他的了。大忙的時候添亂子，心裡慚愧，言語上難免遲滯詰曲，繞了一時，對方終於聽懂。接過字條，見是廣東佛山，盤算盤算：正巧，在廣州買了一輛藍鳥，連人帶車就開回來了。修國妹直想道一聲謝，夫婦之間到底說不了這樣見外的話，停了停，嘆出一口氣：我們家的人真不省心！張建設抬頭看了她，正色道：什麼我們你們的，一家人！修國妹紅了眼睛，起身叫來小弟，兩人輪流詢問一番。這小弟眼皮子底下的都看不見，隔好多層，越問只有越糊塗，就放他睡覺去了。關起門繼續討論，數點出許多往事，都是危險的。一味想像，除去害怕，並無補益，便收起話頭，打點了睡覺。次日早晨，張建設帶了個司機，直接駛往蚌埠火車站。車留下，等到了廣州，提出「藍鳥」，兩人換手開回蚌埠，再各開一輛。修國妹為他們計畫，鐵路、高速、找人、自駕返程，黑不宿，白不歇，也要十個早晚。沒料想，第七天夜裡，出門的人就到家了，帶回一個人，不是小妹，是李愛社。

小妹晚生上面兩個，連頭帶尾不過三年和五年，差不多是挨著，卻像兩代人。因是最末的那個，愛嬌的日子彷彿沒盡頭，永遠當她小。她也仗著「小」，任意索取，多少有些盤剝家人的感情，也可見出，秉性裡缺少忠厚。某種程度上，是要歸於社會的潮流，自我覺醒，個性解放，啟蒙運動往往這裡開花，那裡結果，思想革命普惠大眾，總是最利己的那部分。所以，就讓她有理由隨心所欲，百無禁忌。稍做一點規矩，便反譏為「過時」。家裡這些人，她唯一有些怵張建設。同屬於過時的人物，但不得不承認張建設自有獨到之處，比如，對她的著裝。別人多嘖嘖稱奇，張建設卻質疑說，想出蝙蝠衫的人未必見過蝙蝠，真要見過未必會學樣，腳蹼連到手指頭，瘮人不瘮人？當時不服氣，不多日子，這一款悄然收場了。關於牛仔褲的意見則是建設性的，橫掌劈在膝蓋處：這裡鉸一剪子才好走路行動！果然，時間過去，真興起破洞的風潮，位置正在張建設劈過的地方。歪打正著裡或許有點先知的意思呢。從時尚趨勢延展到事業，也是此一步看彼一步，彼一步看此一步，退一步進兩步，拉鋸似的走到今天。即便小妹這樣沒有歷史感的人，偶爾都會掉頭望一眼來路，覺得像做夢。她也是在船上出生，腰裡繫一根繩子，牽在母親腰裡，甲板上爬來爬去。有一次，翻出船幫，直落水裡，讓鄰船老大的晾衣杆子勾住衣後襟挑回來了。二三歲的記憶，經大人們反覆說起，方才有印象，卻是另一個自己。

據李愛社說，小妹告訴他——他不能辨真假，小妹的話很離奇，不大像現實中發生，同時呢，合情合理，可是小妹自小愛編瞎話。父母的偏心一半因為她小，另一半就是瞎話騙來的。那些甜蜜的陷阱，連修國妹都防不住要踏入，別說老實顢頇的雙親。再說了，瞎話也無大礙，做個好夢都是歡喜的，就只當小孩子淘氣，誰料想如今卻不敢信她了。小妹告訴李愛社，到師範上學，是為減輕家庭負擔，雖然盡著吃用，從不曾限她，可畢竟復讀兩年，等於多吃兩年白飯，很不好意思——這就是小妹迷惑人的地方，富於感情色彩，事實上，從沒斷過向父母兄姊討要，還不包括背地裡姊夫的接續，小姨子張嘴，能同絕嗎？還要瞞著老婆，修國妹是要追個究竟的。於是，她說，無奈之下，走上勤工儉學的道路。也是風氣使然，班上老闆的女兒，也在餐館端盤子呢，聽人說，她老爸出去吃飯，出手的小費就夠她半年打工的收入。她修小妹也端過盤子，學校周圍最不缺就是飯館，補充食堂伙食的不足，大家稱之「黑暗料理」。她打工的「海南雞飯」是個連鎖店，大老闆在新加坡，從來不露面，各家分店由小老闆負責經營。有一次，小老闆去向大老闆結算盈虧，特讓她陪同，因大老闆不太會說中文。要知道，新加坡教育有英語華語兩類，中產階層往往讀英校，大老闆就是其中一個，所以，需要翻譯——說的英語，別人沒什麼，張建設倒想起送小弟轉車蚌埠，賓館門口外國人「索來索來」的說話。正想著，李愛社忽一拍案：就這麼著，和大老闆對上眼！

修國妹笑起來，權當韓劇，往下走吧！然後，李愛社繼續說，大老闆在市裡買一套房，讓修小妹住，雖然離學校遠些，但不必打工了，餘裕正夠補上路途的耗費，再講，公寓的環境當然好過集體宿舍，小妹是個重視生活體驗的人！聽到這裡，大家都笑一笑，這話說得新鮮，也很準確，到底是南方來的人。李愛社繼續往下：對外說幫親戚看家，偶爾地，也回去睡一夜，打個幌，那大老闆從此也不住酒店，有了落腳，樣樣妥帖，然而，百密也有一疏！原來，小妹在學校有男朋友。即便和大老闆同居，兩人依然維繫著關係，一半障眼法，另一半，大老闆不經常來，大多時間是一個人，難免寂寞。那孩子有幾次到女生宿舍找人撲空，耳邊又吹來風聲，接下來，無非是吵架、盯梢、堵門、贖身似地交付分手費，還是嚥不下這口氣，竟然以賣淫報警，總之，地震一般，就算校方不勒令退學，小妹也只有一個

「走」字。從爆發到平息，大老闆都沒有露面，又過一段日子，新房客上門了，這才知道公寓並非「買」，而是「租」，且租期已滿——事態變得嚴重，同時呈現真實性，聽的人收起諧謔的態度，緊盯著李愛社。

然後，就是尋人的旅程，凡有連鎖店的城市，小妹都去了，於是知道，有連鎖店的城市都有一個家，男主人總是在出差。最後，小妹去了新加坡，這一節又有些不像了。出國，即便是新加坡這樣的亞洲華人國家，對於內陸人也是難以想像。可是，想不到不等於做不到，國門開放了，左右都有遠渡重洋的人，他們家不也有個小弟，去的還是美利堅。落實到小妹身上，卻又成了妄語似的，她憑什麼呀？無論如何，情節到了高光階段，李愛社也激動起來。小妹在新加坡終於找到大老闆的家，照顧到裡外面子，小妹稱自己是來讀書的學生，那大婆——單這一地，就有大婆，二婆，三婆，大婆開始很冷淡，抱著警惕的態度，後來，漸漸鬆弛下來。小妹年輕無邪，出言天真，帶來很多趣聞，要知道，大婆，二婆和三婆的生活是很沉悶的。終年炎熱，四季不分，鎮日閑坐，菲傭包攬所有的雜務，只有兩個去處，一是教堂，二是購物。教堂每週一次禮拜，購物呢，也是單調的，只有夏裝，秋冬裝也有，供旅遊出行用，但外面的世界令她們害怕，冷和骯髒。她們最愛說「骯髒」這個詞，旅館骯髒，飯店骯髒，廁所是骯髒之最，除了自己家，都是骯髒的，只能守在家裡，做什麼？麻將。大老闆若是在，這種概率很低，正好一桌，其餘時候讓最長的女兒充數，可人家要上學，上學的年紀剛過，就要拍拖，底下的兒子，喜歡運動……現在，小妹補上了缺口。小妹在新加坡的日子，大多是在麻將上度過，小妹心想：難道這就是嫁入豪門的生活？再有大老闆——中間回來，進門看見小妹坐在牌桌，不禁嚇一跳！大老闆在中國西裝革履，堂堂一表人才，在這裡，則汗衫短褲，夾趾拖鞋，汗濕的頭髮底下，露出卸頂的跡象，脫掉金絲邊眼睛，裸著一對水泡眼，是她要嫁的男人嗎？他們私底下外出，去的是牛車水，令她想起中國大小集貿市場，還沒有這樣的熱。大排檔裡吃福建炒粉，蚵仔煎，也是熱，汗流水爬的。他答應給她一筆錢，足夠做個小生意，她還了個價，說要做中等生意，拍板成交，第二天她就離開了。

之後的講述漸趨於平淡，小妹得手這筆錢，回家問了李愛社的地址，掉頭就往東莞去了。對於自己的經歷，李愛社說得很簡略，做過工廠、貿易、餐飲，都是與老戰友合夥，小妹來到的時候，正在一家台資企業高層管理的位置，他替小妹尋工幾家公司，需從辦公室小妹做起，這「小妹」不是那「小妹」。小妹沒有應工，見過大世面的人，東莞這地方顯然盛不下她了。修國妹問小妹看起來如何？李愛社回答乍見面沒認出來，細細看原來是瘦了，化了妝，穿得很新潮，比先前漂亮許多，也成熟許多。說罷看了修國妹一眼，彷彿將兩人做比較。這姊妹倆分屬不同的類型，姊姊任哪裡都是圓和飽滿，杏眼，桃子臉，蘋果般的腮幫；妹妹則處處尖利，單瞼的吊梢眼，幾乎插入兩鬢，薄削的鼻翼，雙頰也是薄的，錐子似的下巴頦。以鄉下人傳統觀念，姊姊無疑好看過妹妹，現代美學卻不同意，會給小妹兩個標籤，時尚和性感，所以，小妹便刻意強化。眼影抹得很重，鼻影粉也是，唇膏用一種巧克力色，在雪白的粉底上重新畫出一張臉，神祕的魅惑的驚豔。李愛社停了停，猶豫著，欲說還休的樣子。修國妹心跳得很快，又不敢催他，只是靜等。

小妹來東莞，不是一個人！李愛社終於吐口。那個人是誰？修國妹問。就是她原先的男朋友。聽見這回答，修國妹倒笑出來：這才叫起大早趕晚集！李愛社正色道：這就是大妹妹和小妹的不同，你講的是目的，她講過程，好比「看山是山看水是水」到「看山不是山看水不是水」，最後又是「看山是山看水是水」！修國妹更要笑了，張建設止住她，問兩個人怎麼相處的？這話問得很含蓄，但都知道其中的意味。李愛社說，同來同往，同進同出。回答也很微妙，接下去就不好深究了。此時，張建設和修國妹才注意打量面前這個人。自打窯廠那門官司之後，他們第一次見到，兩邊都隻字未提。這邊是顧忌那邊臉面，那邊卻也無一點愧色，就更不好說了。和所有南方來人一樣，也是黑，在李愛社，黑裡又有一層黃，長膘的緣故吧，肚腩起來了。腰裡束一個尼龍小包，除此沒有其他行李。看出對方兩人的疑惑，向後一靠，說道，這次回來是看看內地有什麼項目，可以與沿海地區合作。去南方的日子，見識了開放的社會，就覺得過去太拘著手腳，錯過許多機會，現在也還來得及，當迎頭趕上！話題進入另一個領域，修國妹並不關心，張建設則敷衍著，問他傾向於哪個行業，有沒有預期計畫，或者範圍設定。得來的回應是，你張建設有用得著他的地方，儘管開口！好的，張建設說。從東莞一路過來，就已經了解李愛社的狀況，沒什麼可商量的，遠兜近繞，最後還是張建設。好在，新起的公司裡，位置是寬裕的，只是不敢委以實權，便專配了虛職，公關科長。聽起來過得去，卻不涉及業務。至於小妹，修國妹嘆氣道，看造化了。繼而又說，倘若那個男同學真娶了她，也算正途。張建設不禁笑出聲來：什麼時代了，照聯合國年齡劃定，還是青年人，卻老八股腦筋！修國妹不服氣：聖人怎麼說？男有分，女有歸。張建設笑得不行：說你老腦筋，你就倚老賣老。修國妹正色道：千條江河歸大海，不信我們走著瞧！張建設曉得女人是特殊物種，不按規矩出牌，憑的是感覺。不再與她爭，但兩人都同意瞞著父母。問起來，只說去了新加坡。二老不知道新加坡在哪裡，張建設解釋「南洋」。「南洋」就懂了，戲文裡有「下南洋」的說法。之後，過一節編一節，蒙混過去了。

回想起來，這幾年像做夢似的。一夜間，沿河灘十數里地都歸了自家；又一夜間，灘上排滿廢舊船；再一夜間，捲揚機開來了，焊割的電火閃得半天亮；旱塢、水泥路、一間跟一間工棚，接連冒出地面；隨之而來的是人，空手的、帶工具的、單個的、攜家帶口的……開頭，修國妹還給工人們燒飯做菜，自己忙不過來，就僱人，先一個，後兩個三個四個，脫出身打掃飯堂，飯堂也在擴大，一間，兩間，三間。她掂起掃帚轉眼被抽走，說「老闆娘我來」。現在，遇人都稱「老闆娘」，她不喜歡這稱呼，可是怎麼辦呢？又不能堵人家的嘴，只有一個人稱她「師娘」，就是從泗陽跟來的小工，如今叫大工的。他也上了岸，公司裡管收舊船，車轍水路，四面八方，所以難得見。還有一個不稱「老闆娘」的，李愛社，叫的是乳名「大妹妹」，她也不喜歡，就躲著走。漸漸地，和工地疏遠了。

他們又搬家了，從公寓遷進別墅。也是一夜間，縣城擴得很大，周圍的幾個鄉都劃進，行政改為「區」。別墅坐落城北，靠近淮河，倒和修國妹原先所屬的縣域接近，東南風的季節，能嗅見酵酸的氣味，眼前就浮現那鋪了酒糟的橫豎街巷，赤膊的男人用木耙推著熱氣騰騰的褐色渣滓，河面上吹來濕漉漉的風，小城上空便氤氳籠罩。太陽當頭照下來，看出去的景物彷彿漂移流動，恍恍然的，心裡有一股鬱塞。現在，這股子鬱塞卻是想念的。裝飾新家打發了時間，她開車到蚌埠、南京，甚至上海，挑選家具、窗簾、牆紙、燈具，帶回圖樣給張建設看，張建設看過後說，很好！是相信她的眼光，多少還有一點點敷衍。有幾次，修國妹希望他同行，一起定奪，他實在脫不開身，只能聯絡當地的朋友陪她。那些朋友尊稱她「張太」，雖然不慣聽，但總比「老闆娘」文雅些。他們稱她家「張公館」，這就叫人忍俊不禁了。挑選好東西，從倉庫或者產地直接發貨，回家等著查收即可，餘裕的時間還可做些遊覽。

進到大城市，她就有些怵開車，動輒得咎。逆行、壓線、大轉彎小轉彎，外地牌照的禁忌更多，幸虧有張建設的朋友。她坐在副駕駛一側，看窗外的街道，只覺得人多，車多，熙熙攘攘，說不定就有一個小妹呢！小妹杳無音訊，她的心情也很複雜，既等消息，又怕消息，不知從什麼時候開始，小妹的消息總是凶多吉少。抬手拉下遮光屏，景物變得綽約。

朋友引導，她去到許多名勝，領略許多奇境，大開眼界。看的地方多了，難免混淆，反倒平淡了，卻也有不期然的感動，比如上海青浦的一家木器廠。老闆與她稱得上安徽大同鄉，但在皖南，黃山腳下的休寧縣人，木匠出身。自明清時候，鹽業興隆，商賈人家聚集，修宅造園，所謂徽式風格的建築群指的就是那裡。近些年，新城規畫拆除大片老房子，老闆他便將些窗櫺門楣屏風照壁收了往上海出售，先是幾件幾件，後來竟一幢一幢，梁椽檁條編了號，運過來整體復原，供給會所公館——那可是真正的公館。賺了些錢開工廠，專做仿古家具，漸漸有了名聲。那工廠離市區很遠，地名也很含糊，就走了些彎路，到地方已近中午，老闆請吃便飯。說是便飯，也鋪滿了圓桌面，老闆娘掌勺，做的都是家鄉菜。隔一條長江，就和修國妹的地盤不相同。臭桂魚、鹹肉冬瓜、炒青蒿、土雞清湯。夫婦倆都長一張團臉，很喜氣的樣子，裝束打扮，待人接客還是鄉俗的風氣，飯碗壓得磁實，菜盤堆尖，西瓜在井水裡鎮冰，切成大塊，剛咬個芯子便奪走遞上新的。修國妹想起她和張建設創業的經歷，他們都是生逢好時代的人，憑靠一雙手打下小天地。出於這心情，她格外多買幾件東西，一具立櫃，一張案子，兩把官椅，四個繡墩，還有一條長凳，原木鋸板，帶著疤眼，自有一種野趣，可見得，老闆並不拘泥仿古，也吸取現代因素，另闢蹊徑。

定好發貨的時間地址，互留姓名電話，下午三四點往回走。和來路一樣又錯了方向，車上人笑說這一天是鬼打牆日。車開進村落，門戶關閉，雞犬無聲。下車走幾步，見幾個老年人坐在樹蔭裡，趨前問路，彼此都聽不懂話，是口音的緣故，也不盡然。磨了一會，知道已經過了地界，到了江蘇，所以文不對題。村道邊有一座小廟，門前獨立一株銀杏。按慣例，相對處，原先應還有一株。推斷下來，那廟至少縮去一半，地形也改變了。題額卻是新寫，赫赫四個字：「覺海禪寺」，彷彿有所來歷。寺門虛掩，推進去，迎面一座佛，他們幾個皆不通法，「韋陀」、「藥師」、「托塔天王」的亂猜。暗處忽有聲音起來：阿羅漢也！這才看見斜側矮几後坐有一僧人，面前排著香燭、籤筒、認捐簿子、紙筆硯台，還有一具木魚。就商量抽籤，每人買一對紅燭，一束線香，點燃供上，依次跪在蒲團，先磕頭，再搖籤，嘩啦啦跳出一支，忙忙拾起，到和尚處兌籤文。修國妹也湊興搖了一支，題為「春蘭秋菊」，請師傅解釋。本想替小妹求的，句句倒像說自己。蘭菊稱不上花魁，都是清遠的品格，雖然季季綻開，但只是個中平籤。修國妹自以為好命，同時又是勞碌的命，所以就很認。那師傅卻說，中平籤其實最好。為什麼？修國妹問。師傅笑道：女施主有沒有聽過這句話，月滿則虧，水滿則溢？修國妹不禁「哦」了一聲。

後來，修國妹時常想起這句話。可是，怎樣才叫作「滿」呢？張建設的拆船廠正式掛牌，用「舟生」取名。舟生這年十二歲，修國妹怕小孩子根子淺，頂不起，反而折福。張建設又笑話她老腦筋，執意這兩個字，不僅體現了事業起源的歷史，同時呢，可不是嗎？舟生無疑要接他父親的班！從現在起，舟生就被當作「接班人」培養。小學畢業，張建設託人送去江蘇常州一所重點中學讀書。修國妹是捨不得的，她自己幼年在寄宿中生活，知道孩子的社會有多少粗糲野蠻，她的強悍有一半是在那時磨成的，才能護佑小弟，不讓受欺凌。內心裡，她有些把舟生當小弟，或者反過來，把小弟當兒子。正由於母親的心情，她看出這兩個孩子秉性不同，舟生頗有幾分膽氣，三九天裡，和小伙伴打賭，光著身子扎進河裡。於是就有另一種擔憂，怕他闖禍，想到這裡，她倒寧願他受點委屈，也不做蠻霸的「老大」。舟生初入學的時候，週末開車接回家，週日晚再送去。為往來方便，專在蕪湖市買一套商品房。計畫安排很快作罷，這所升學為目標的完中，制度十分嚴苛，堪比軍隊。週六週日都排了課時，每月只半天休息，臨近考試，半天也沒了，而考試又格外多，期中考，期末考，模擬考，測試考，小考大考，週考月考。她只能扣準中午或晚上的飯點，在校門口小餐館，叫一桌菜等人出來。時間總是侷促的，舟生打仗一般到廁所換上乾淨衣服，匆匆吃到一半，上課和自習的鈴聲透過高音喇叭傳過來了。修國妹一個人坐在桌邊，等服務員打包買單，然後帶著一摞餐盒，還有一包髒衣服——團著舟生的體味，只有做母親的才嗅得到，驅車回程。在這惶遽的見面中，舟生長成威武少年，像父親年輕的時候，又不全像，因要高過半個頭，顯得頎長，骨肉勻停，是沒有受過勞力之苦的身體。看著他，不由驚喜地自問：是我的兒子嗎？兒子長大了，讓人高興，但也變得生分，話少了許多，甚至，一頓飯的時間都沒有交談。最後，吃飯取消了，只剩下換洗衣服的交割。這是和母親，和父親呢，也是生分的，表現在一種敬畏。他崇拜父親。公司每月開例會，逢舟生在家，就帶去旁聽。毋管聽進聽不進，都能一坐到底。修國妹問會上說些什麼，也是與他熱絡的意思，他回答得很簡單，三言兩語，似乎將母親排除在業外。有一次聽他稱呼父親「張總」，「張總」也欣然接受，心裡好笑，覺得挺裝的，不免生出嫉妒，因父子間有默契。不過，有一點讓她扳回局面，那就是，凡要錢要東西，舟生都是向她張嘴，所以，到底還是和媽媽親。

不管怎麼說，養育舟生的經驗告訴她，不能和兒女分開。後來，園生由她作主，在本地小升初，就出自此心。當然，還是吸取小妹的教訓，她不能讓園生脫離自己的視線範圍。她也知道園生和小妹不同，換一換，肯定要遭到抗拒，但園生卻是順從的。看起來，更可能性格使然，環境不過外因而已。園生出生在家境上升的日子，張建設遵從古訓「富養女兒窮養兒」，沒有要求，只一味滿足。豐裕中長大的孩子，說的好是物欲淡泊，不好則是缺乏進取。中學的女生，多半虛榮，又在這樣的社會，縣城調改為縣級市，上了城市化的軌道。理髮店變成美髮中心，澡堂變成洗浴城，百貨大樓變成購物商圈，「商圈」這個詞最形象，街市真的一圈一圈擴開。取的都是歐陸風的名字：維也納廣場，巴黎春天，羅馬大道，愛丁堡城堡，分支出佛羅倫斯小鎮，巴賽隆納風情，愛琴海，多瑙河，管它在哪裡，去過沒去過。入夜時分，華燈齊放，外掛式電梯升降，上下穿梭。和這些名字同樣，國際潮流衍生在地時尚，繁殖品牌，要多少有多少。小女孩恨不能一夜長成大人，可脫去校服，這些校服不知從什麼渠道採辦的，無一不是臃腫灰暗。到了週末，倘若在街上遇見她們，準保認不出來，以為是小姐。城裡面也有了酒廊夜店和迪斯高舞廳，裡面活動著真正的小姐，都是外鄉人。就是口音這點事將這小姐和那小姐區別開來。園生鎮日一身校服，冬季棉，春季單，還戴起近視眼鏡，像她的小舅。修國妹想，他家祖上定是讀書人，偃息多少代，如今得逢時運，冒出青煙。和小舅不同，園生雖然近視眼，學習卻只在中游。多半也是環境造成，大人不是沒要求嗎？生活又舒適，養成疏懶的性子，凡事沒個爭奪，無可無不可。修國妹和張建設都是逞強的人，少見這樣的怠惰，有時也著急，再一想，他們這麼吃苦，不就為下一輩享福嗎？

前面說了，工業園區選址在淮、澮、渦交匯兩岸三地。自清中期始，黃河水枯改道，借此河口轉入南北大運河，即成要道，直至上世紀六十年代，往來還很繁忙。但因泥沙俱下，歷年淤塞，行不得大船，漸漸式微。如今遺留三座石橋，就是當年盛景的證明，列為當地文物保護。岸上星散幾家糧油店，一座水泥三層樓房，山牆上寫著省屬糧庫的字樣，從外形窺察內部結構，大約幾度改造以變化用途，終也挽回不了命運，徹底荒廢下來。張建設早就瞄準這地方，無論租還是買，船從水上過來，拆成散件直接走陸地出去，又有大片的灘地作業，至於地上物，則大可廢物利用。舊樓房供倉儲，以此為中心，擴建食堂宿舍辦公，再延伸店鋪旅社。新業興起，周遭自然形成小社會，縱然有一天，拆船沒了市場，附屬或成主體。張建設就是這點與人不同，眼睛總能看前一步，談不上遠大，只這一步就足夠轉開舵了。這一步也是時局所賜，國企正清負清償，從頭來起，否則怎麼敢小蝦吞大魚？他沒有野心，是行動派，當年一無所有進城去，不知道前面等著他的是什麼，但是一步一步走過去，自然看見了。

現在，張建設要行動了。迎頭第一件事，是資金。他有錢，當然遠不夠投資，更重要的，他懂得用於投資的錢不是自己口袋裡掏出來，而是銀行貸出來。貸得越多，信譽越好，也越貸得出。於是，選一個星期天，再去找姚老師。經過又一輪城市化改制，縣級市為區，劃分給兩個地級市管轄，他所在的區正納入原先的公署，延續了之前的行政隸屬。

這一次的造訪卻不太順利。他先去到姚老師家，公寓門緊閉，按幾遍鈴，並無應答，於是再去姚老師上班的銀行。銀行搬了地方，擴大門面，營業廳如酒店大堂，頂上一排排牛眼燈，底下大理石地面映著人影。信貸部的窗口閉著，想起是週日，除存取款部開一扇窗，其他都停業，只得退回來。最後，還是門口的警衛，曾經見過幾面，悄悄與他說，姚科長出事了。雖然早生出狐疑，還是咯噔一下，頓時不知所措。稍定定神，問什麼樣的事，警衛沒有直說，大概也說不清楚，但告訴姚科長現在的住處。其實就在原先的片區，但不是大戶型的高層，而是後面的老院子。這新住宅原來以機關宿舍舊地參建開發，半福利半商品，科級以上職員都有權申請，但公務員的工資距離買房，即便大大低於市場價，也難以企及，銀行顯然是高收入人群，所以能夠輕鬆拿下。

穿過一片空場，場上堆著建材和建築垃圾，縫隙間裸露出枯黃的草皮，顯得頹敗。走進連排平房的夾道，兩邊的門都敞開著，貫通前後。星期天的早晨，家家在灑掃和燒煮，小孩子溜著旱冰鞋追趕，鐵輪子擦過水泥路面，嘩嘩地響。陽光照射，氣氛倒是蒸騰。越往後去，越擁簇，剛入職不久的青年，二三人合住，或者新婚夫婦獨一套，還有房屋置換進來的社會人口，成員多而且雜。東西和人從門裡漫到院子，再漫到巷子，索性蓋起披屋，幾乎把過道堵死。他側著身子拐幾個彎，走到不能再走，倚牆搭一個小院，蓋了玻璃鋼頂棚，就知道是姚老師家了。敲幾下門，沒人應，再要敲，門上忽開一扇小窗，把他嚇著了。窗裡是姚師母的臉，罩在玻璃鋼的藍光裡，看起來很奇異。裡外對視著，雙方都沒說話，門開了一條縫，他側身進去了。院子很小，不過三四步深，放了幾盆花草，也泛著藍光。是個小小的橫套，門廳一頭臥室，另一頭並列廚房廁所，地方侷促，收拾得卻十分乾淨，但更顯出冷清。他把手上的東西放下，蒲包裡是蝦蟹，禮品盒是參片和蟲草。姚師母向地上打量一番，吐出這麼一句話：只有你來看我們。

中午飯在姚老師家吃的，張建設下廚，帶來的蟹蒸了，蝦是氽了調醬油醋，炒一盤蔬菜，冰箱裡有現成的肉餡，和麵包了餃子。單身生活的訓練，雖然歇了多年，一旦上手全回來了。主客二人開一瓶洋河，對飲起來。因為酒意，也因為難得有人說話，姚師母變得饒舌。張建設插不進嘴，就只是聽，想這女人不容易，跟姚老師並沒享多少福。先是拉扯小叔子姑娘，終於熬出頭，卻遭遇事——從姚師母滔滔不絕的訴說，他終於明白姚老師犯的事名是受賄。信貸部門總是有許多人圍著，已經不像當年，他初次見姚老師的時候，誰也不敢試水。現在，供不應求，難免會有疏漏，姚老師就受了舉報，師母說，一個小小的科長，手裡有限幾個錢，得不著的以為你欠他，得著的發起來，也未必想到分給幾個紅利！張建設不由臉紅，自己分明也是其中的一個。師母倒沒有這個心，一味地喊冤，將對面人當作知己。看她眼皮腫著，不知道流了多少淚，此時塗上酡色，有點像戲台上俊扮的面相，頭髮蓬著，演的是苦情。建設，她喊他的名字，你聽說沒有，命裡七斗，莫求一升，你姚大哥就是個窮根，怎麼得來，怎麼還回去，她攤開手，轉著身子：一眨眼空空蕩蕩！我是盡其所有退賠，少讓他在裡面受罪，最後算作九萬賄款，一萬一年，九年刑期。將跟前的菜盤往中間一推，只有你，建設，還來看我們！她的笑容讓張建設害怕，避開眼睛，回四處看看，問：孩子呢？他知道姚老師有一個女兒，在省城上大學。師母回答，依然沿著話頭：建設你和姚老師最清白！張建設想起同樣一句話，出自姚老師的口，不禁有些激動，端起酒杯：我敬師母一杯！師母一仰脖，乾了，繼續說：你要小心，「飛鳥盡，良弓藏；狡兔死，走狗烹」！張建設方才想起師母是中學語文教師。是的，他應道，又問：女兒什麼時候畢業？一年半，師母回答，接著方才，你是能人，做庸人一世平安，能人就不定了！師母半個身子伏倒在桌上，一瓶酒見底，她一人喝了十之七八，不能再喝了！他站起身，說：女兒畢業，我這裡永遠給她留著崗位！師母抬起頭，彷彿從夢中醒來，看向他，動著嘴唇，最後說出一句話：建設，你要小心！

張建設去了一趟省監獄。姚老師並不如他想的頹唐，由於起居規律，生活儉樸，面色倒比在外面清朗，顯得年輕。看到張建設，說：我知道你會來！監獄管理有序，尤其對這類經濟犯，曉得之前做過大事業，有身分，就格外給予些方便。接見是在一間大廳，擺了許多小桌，親友見面說話，仿如自由的日子。兩人說了很多，姚老師感嘆：這是個群雄競起的時代，機會和陷阱一樣多，要步步留心。意思和師母一樣，但環境不同，深淺也不同，多少是痛楚的。張建設留了一筆錢，記在大帳上，供姚老師買些需要的吃用，告別說：以後再來！姚老師回答：歡迎歡迎！兩人都笑了。張建設發現姚老師其實是風趣的人，過去繃得太緊，不大覺得，如今鬆弛下來，露出真性情。

五

追溯起來，事情變化從小弟歸國開始。舟生上中學也是同一年裡，多少因為牽掛的緣故，讓她忽略了端倪。小弟公派美國讀了博士學位，再讀博士後，延宕下來，由公轉私。那一年，美國向中國移民發放大量簽證，本以為小弟會因此變換身分，長期居留，不曾想，他偏偏回來了。起初，可說風光無限。國門打開，地方上不乏出境深造的青年，但小弟是錦衣還鄉第一人。縣長都出面宴請，特特要見父母親大人，感謝養育一個好兒子。這二位一生未曾見官，堅辭不受，結果就讓大姊和姊夫代表了。到場還有一個人，與小弟同行的女同學。席面上，修國妹說了些禮節的話，此外就只是應答。她倒也不怵，但沒有太大的談興。小弟本是個悶嘴葫蘆，這些年在美國生活也沒鍛鍊出什麼新氣象。沒去過的人以為大碼頭，身在其中才知道，人地兩疏，四顧茫然，更加侷促逼仄。具體到小弟，美國就是個實驗室。告訴你都不相信，連迪士尼都沒去過呢！自然說不出什麼見聞。似乎比走之前更木訥些，眼睛直直地看人，實在被恭維得緊了，就看姊姊，竟是可憐的。幸而有張建設，懂酒場的規矩，代小弟喝敬酒，又敬對方，還挺會逗趣。那女同學是個大方人，也有些量，不主動出擊，但來招接招，添了些氣氛。否則，局面就尷尬了。逐漸的，張建設和女同學成了主角，修家姊弟這邊清靜下來，兩人都鬆一口氣。

小弟回來，是應聘美國在上海的一家分公司，說休息幾日再去報到，一日捱一日的，就不提上班的事了。住在姊姊姊夫的別墅裡，那裡有的是房間，還都套了浴室，吃飯也是現成。雖然僱了燒飯的女人，但小弟的吃食，修國妹頓頓親手調治。眼看著他臉上長了肉，也添了血色。有一日，看他在陽台，扶著欄干吹口哨，是一支未曾聽過的曲子，輕鬆愉悅的旋律，跟著也快活起來。上海公司的事情似乎都被忘記了，修國妹有幾次想起來，打算提醒一聲，話到嘴邊又滑過去，其實呢，也是有意忽略。小弟則沒有一個字說到的。姊弟倆都很滿意這樣的生活，有時搭伴去常州看舟生，再有時和園生逛街。比較起來，小弟和園生在一起更有趣些。舟生個頭與舅舅一般齊，骨架卻硬朗結實，氣度也強悍，小弟在跟前，難免瑟縮了。園生是個女孩，百事與她無關的樣子，近視眼鏡後面，目光迷濛，小弟喜歡耍她，耍的套路很幼稚，也很單調，不外乎藏起東西任她亂找不到，或者要這個給那個，比如去麥當勞，現在，二三線城市也有麥當勞了——辣椒醬當番茄醬，翻來覆去的幾招。園生就吃這個，每一次都像第一次，大驚和大喜，舅甥倆樂此不疲。逢到年節，舟生從學校回家，再接來鄉下的老人，滿當當坐一桌子，修國妹依次看過去，缺一個小妹，但有人頂了缺，這人就是小弟的女同學。

女同學名叫袁燕，不知誰起的頭，都稱她燕子，反是小弟，依然叫大名，很鄭重的態度。關於袁燕，小弟提及不多，修國妹懷疑他本來了解的就少。燕子自己說，她是個爽朗的姑娘，很快就和家裡人稔熟起來，她說，父母是邢燕子一代的下鄉學生，「燕子」這名字顯見得從這裡來的，落戶在皖南與蘇北交界的天長縣，按後來上海知青的救濟政策，滿十六歲子女可有一名回滬指標，一九八〇年到上海，讀完高中，考入大學，錄取的法律專業，大三年級公派留學美國，碩士階段換了會計專業，公費轉自費，繼續學業。她和小弟認識就在這時候，一家華人超市，小弟結帳後走反方向，從收銀處回進商場，再要出去被保安攔住，正不知所措，燕子來了，從一滿車方便麵和老乾媽底下翻到收銀條，這才脫身。接下去是找車，小弟又忘了自己的車型和顏色和車牌號，因是剛買的二手車。兩個人推著購物車東西南北幾個來回，到底沒找到，燕子就送小弟回去，發現兩人的宿舍只隔了一個街區。第二天，小弟收到警局的罰單，原來他停車不合規矩，被拖車拉走，讓他去交贖金領車，又成了燕子的勞務。一生二，二生三的，最後成一對戀人。他倆的學校在美國中部的俄克拉荷馬州，美國大陸的腹地，幅員遼闊平坦，校區還算是個小社會，校外幾乎就見不到人。剛去的日子，需要應對學業和生活種種繁縟，比較充實，等安定下來，一切歸於常態，就不免感到沉悶了。同是異鄉客，加上邂逅的方式，在這乏味的地方，稱得上傳奇呢，結緣再自然不過了。

從某種程度上，小弟回國是因為袁燕回國。上海的聘約更像和袁燕，並非小弟，最大限度的可能是作為袁燕入職的條件，小弟得到一份或者半份工作，工作的內容也或許和專業有差異。這樣的配置的身分，總歸讓人不舒服，即便像小弟隱忍的性格，也很難忽略，如此就可以解釋小弟遲遲不去赴任，一日一日延宕。回到家，且又是非比往昔的家，小弟出國前基本在寄宿中度過，沒有太多對日常生活的概念，此時方才體會個中滋味。在姊姊的照應下，姊姊像小媽媽，他打小就很黏她，他忽然意識這些年的苦楚，真是孤單寂寞。後來有了袁燕，好些了，可能好到哪裡去呢？一個人的寂寞變成兩個人的。袁燕的興趣比他廣泛，廣泛又怎麼樣？至多不過開車出遊，風景是好的，卻更讓人惆悵。還有同學間的聚會，各家帶一個菜，他和袁燕算是一家——他們各自退租原先的房子，合一套單元，男女同居有一半從經濟出發，當然，還有情欲，健康年輕的身體的正當需要，最初的刺激過去，趨於平常，就是單純的生理性質了。聚會中，小弟是最寂寞的那個，出言乾枯，行為乖僻，理工男大都是這樣的。與人交道，不曉得怎樣開始，開始了又不知道怎樣結束，自己都為對方難堪。倘不是袁燕主動出擊型的性格，他大約一輩子交不上女友。現在，同樣為袁燕不平，必須和無趣的他朝夕相處。出遊、聚會，再有購物，彷彿回到事情的原點，他和她不就是購物遇上的嗎？彷彿暗示生活的周而復始。儘管叫人提不起精神，但沒有袁燕主張，他也不會做出回國的重大決定。小弟的人生都是被推著走的，他不會拗著來，從某種方面看，算得上順其自然。是服從的原因，還是命運照顧，他沒有遭遇過危險，比如像小妹這樣，小妹已經幾年沒有音信，爹媽漸漸不再問了。他們也相信順其自然，不是小弟天性裡的消極，而是世事磨礪，變得通達，不知道就當它不存在，再說了，沒有消息就是好消息。若不是這般苟且，做父母簡直死路一條。

袁燕在上海上班，每兩週來一次，就像一對通勤的夫妻。修國妹將整個三層清理出來，重新裝修一遍，等他們正式結婚後搬進去。兩人的關係看起來也是穩定的，摩擦少不了，有幾次，閉緊的房間傳出爭執的聲音。說是爭執，其實就是袁燕一個人發言，最後，摔門走人結束。修國妹決意不管他們的事，可到底放不下，聽幾句壁角，正合她的猜測，是為小弟工作。還有幾回看燕子臉上有淚痕，趨前要問，未及張口，那人就如受驚的燕子，「嘟」一下飛走了。不問也能體會袁燕的委屈，想她應聘這個公司，大約有一半替小弟謀職，興許原本有更多的選擇，不得已放棄了。這是個獨立上進的女孩子，比小弟強。修國妹很清醒，小弟需要的就是這樣的人，儘管內心有點妒忌，妒忌兩人的好。也因此，袁燕和小弟齟齬，心情是複雜的，又憂慮又有一點竊喜。但終究是理性的人，依著勸和不勸散的古訓，依然循喜事的規矩，先上門覲見袁燕的大人，再接來他們家，雙方正式會晤，擺了訂婚酒。

按知青子女的福利，袁燕在上海有了戶籍，父母退休便落葉歸根。無論政策和人情，都是從此出發，但善政之下，具體的處境卻各有苦衷。知青子女落戶，首先要徵得原生家庭的同意，大家都知道，上海人口稠密，住房緊湊，本已經達成平衡，再介入新因素，和諧面臨危機。往往這一關上，就遇到阻礙，欣然接受的也有，斷然拒絕的更有，大多數情況是有條件協議，所謂「條件」無非不參加房屋分配。袁燕回來的時節，祖父母都已離世，叔伯家就靠不上了，好在外公外婆還在，做得了主，戶口順利遷入。說是外公外婆，其實是舅舅舅媽家，面上和氣，內裡卻處處設防，老人家守持中立，也費了苦心。人事之複雜，堪比一個小社會，足夠成年人招架，莫說十六歲的孩子。即便在這樣侷促的環境裡，袁燕依然認識到大城市的優勢。夏天晚上，和鄰居小伙伴——與人親善的性格幫了她，到哪裡都交得上朋友，一夥小姑娘走過弄堂，滿地鋪開竹榻躺椅，簡直插不進腳。穿出弄口，一陣涼風撲面而來，身上立刻滑爽了。是海上的風，沿著樓宇間的狹縫，溜過細長蜿蜒的直街，到了黃浦江面，激盪起來，將她們的裙子鼓成一朵花。江邊防波堤幾乎全被戀人占滿，一個鑽進去，臂肘頂開，然後一個一個進去，別人拿她們沒辦法，傲嬌的蠻橫的年齡。憑欄望遠，風裡灌滿江水的鹹腥，江鷗飛翔，帶著一點亮，輪渡突突突駛過去，對岸黑壓壓的農田，幾座大煙囱。對面人看過來，就能看到她們身上鑲著的光的輪廓，是城市之光。只要三分錢，三分錢怎麼也省得下來，上學的公交車少乘兩站，七分錢就變成四分錢；早點吃一根油條盡夠了，省下一個鹹大餅，又是三分錢；繫辮子的玻璃絲；手帕；小塑膠錢包，稍微緊一緊，三分錢買一個輪渡的籌子，就可以從浦西到浦東，再從浦東到浦西，隨你幾個來回。船到江心，回頭看，殖民時期的歐式建築呈弧度排列，石砌的塔樓，窗簷，廊柱，拱門，彷彿古代征戰的工事，囚禁著抵抗失敗的俘虜，失去王位的太子公主，野蠻人登上寶座，床幔裡躺著壓寨夫人……海關大鐘敲響了，鐘聲是新政權的頌歌，旋律分解成單音，夜空中的拖尾，流星似的，消逝在天際，閣樓上悶熱的睡眠由此添了夢境。當然，單靠這個是不足以支持的，袁燕有著相當務實的頭腦，生來如此，還是生活造就。她明白，自己實際就是一個楔子，將父母在這城市裡擠出去的空間重新再擠回來，艱苦是艱苦，她又不是生於斯長於斯，談不上什麼鄉愁。上海給她另一種贈予，她的衣服鞋襪是上海產的，她家的菜餚是上海式的，什麼都要放些糖，她多少是存心，說話尖團音不分，這讓她和她們一家與眾不同。遙望的光榮是一回事，身在其中又是一回事，正因為如此，她更珍惜大城市生活的價值。對上海後天培養的喜愛，使她很冷靜地將它視作一種回報，回報她小小年紀寄居外親的屈抑和惶遽。

高中畢業，袁燕考上大學，住進學生宿舍，但戶口也隨人遷出。前後腳地，表弟占住閣樓上她的床鋪。表面上看，是退出來，事實上是更深地介入，她有了獨立的身分，不再依附於人。外公外婆日漸蒼老，更仰仗舅舅舅媽照顧，父親母親來上海，都落腳在袁燕的宿舍，母女合睡，父親則到男生那邊找一張空床。許多本地學生原則上住校，卻寧願走讀，也要回家。除夕夜，在外公外婆家吃過團圓飯，三口人來到空蕩蕩的校區。萬家燈火，春晚的歌舞聲從窗口流出，匯合在城市上空，彷彿與他們無關。分離兩年，時間不長，卻是關鍵階段，她從孩子長成大人，彼此變得生分，在一起，沒太多的話說。她在心裡向老天發誓，要替父母在上海壘個窩。大三那年，外公外婆家房子動遷，她聽到消息即去居委、街道、拆遷辦，出示原有戶籍，並讓鄰居寫證明信，她的戶籍目前雖然歸入學校，但實際是房屋的同住人。舅舅舅媽自然不情願，可擋不住外甥女的一句話——大學畢業，她將合理合法回到原有戶籍。同時呢，讓渡名下一部分利益，要不是舅舅收留，怎麼能進上海？她說。於是，得到一筆補償款，加上父母的積蓄，還有她做家教的收入，多一點是一點。同學牽線，董家渡買下一間棚戶，只八九平方，卻是私房，想不到第二年又逢拆遷，這一回就得到一套一室戶的簡易工房。遠雖遠，但按照城區擴大的速度，很快就接近中心地帶。父母提早辦了退休，回到上海，她呢，公派美國。上世紀的九十年代，所有事情似乎都有著既定的步驟，自行錯落次序，既不超前，也不拉後，向著目標走去。目標也是既定的，潛在於行動之中，可以將它歸為運勢，但並不因此減免困難，這就要看你能不能克服。

袁燕決定回國，是有考慮的。她知道，「人生來平等」的美國，可說對移民最無偏見，但凡事都分先後，第一艘登臨新大陸的「五月花號」，決定了英格蘭天主教的首席位置，像他們這樣非我族類，需從敗勢求優勢，那就是母語和母國。周圍的同學多有歸去的意向，也多止於務虛，只有袁燕投出簡歷，大部分沒有消息，幾次面試，都無疾而終。她並不失望，有當無的，一份一份地投寄，不期然間，接到聘任。立即辭去現職，收拾行李，帶了小弟上路。當然，在謀求發展的大前提下，異域生活的沉悶也是不可忽略的因素。同時呢，中國正逢活躍的變革時代，上海既不是深圳的全新，又不是內地的古舊，恰正處於新舊交集，前身今世和未來銜接的節點。她不像根生土長的父母一代，對這城市有執念，而是抱客觀的態度，能夠充分認識其中的機遇。

自從將十六歲的女兒送去上海，父親母親就再不干預她的決定。回來上海，難免會有惋惜，他們還等著她結婚成家，和很多家長一樣，去美國幫著帶孫子呢！美國是個神奇的地方，寄予人們許多想像。但也稱不上十分失望，女兒在身邊終究有照應些，尤其是這樣的女兒，有哪件事她看錯做錯過的？況且還帶著一個毛腳。他們見過小弟幾面，袁燕領去家裡一次，外面吃飯又一次。他們都喜歡這個白面長身，輕聲細語的男孩子。有同樣的留學背景，重要的是他苦孩子出身，他們不願高攀，兒女親家如何交往？後來，男孩的姊姊上門拜訪，更留下好印象。修國妹並不是成見中鄉鎮企業家的老闆娘，滿身名牌，披金戴銀，當然，開了一部好車。他們不懂車，只看見這輛車的漂亮和乾淨，車裡走出的人卻很樸素。厚密的頭髮剪到齊耳，削薄的瀏海下一雙清澈的眼睛，顯得年輕。白襯衫，牛仔褲，繫帶跑鞋，像一個女教師。後備箱裡裝滿新鮮瓜蔬，自家醃製的臘腸鹹鯗風鵝，還有一屜素餡包子，說是她自己蒸的，當場吃了兩個，燙嘴。他們甚至覺得這姊姊比袁燕更像女兒。修國妹對他們也有一見如故之感，讓她想起當年大隊的下鄉學生，上了歲數就是這般模樣，從顛簸的日子過來，受許多煎熬。兩人乘一班長江輪離開上海，因學校不同，落戶地就也不同，上碼頭就分開，各在縣轄底下南北兩個公社。但兩人都是乒乓球手，業餘一級和業餘二級，上世紀六十年代，全國上下大力推動乒乓球運動，於是就在縣級比賽中碰面，然後結緣。說起年輕時候的往事，臉上有了神采，膚色光潤起來，其實，他們不過比自己年長十來歲，半代人的差異，姻親關係則是上下輩，她原本代表父母出面的。修國妹從做父親的容貌看見袁燕的輪廓，端正的臉模子，下頸略略見方，顯得有點硬，但唇型的曲線是柔和的。頎長的身材卻隨母親，因父親是中等偏低，想到鄉里有俗話，爹矮矮一個，娘矮矮一窩，便很為袁燕慶幸，繼承了雙親的好處。

後來，兩人爭相說話，結果母親占上風，修國妹想，將來袁燕和小弟，大約也是這樣的力量對比，母親告訴她，他們替縣乒乓球隊打出成績，升級地區隊比賽，再借用到省隊，但遲遲不能轉成正式編制。你知道，體育是青春飯，她說，耽誤不起時間，眼看小隊員一茬一茬起來，他們不能在一棵樹上吊死！賽事裡度過的年頭，已經錯過幾輪招工，於是，他們做了一個選擇——修國妹認定出於女方，袁燕也像她，殺伐之斷，是競技運動之大要。他們毅然離開省隊，回各自生產大隊。原先的集體戶凋零了，或去工廠，或推薦上大學，也有遷移走一去不來，這段日子，母親臉上浮起紅暈，總是他——指著父親，三小時自行車路來她地方，再三小時車路回自己地方，有一回，河上的石橋沖塌了，就又多兩個小時繞路，父親插進嘴：幸好搭上一架拖拉機！母親又接過去：到的時候已經半夜，聽到門響，同住的女生嚇壞了，你知道，她看著修國妹，那女生一人的時候，常有痞子敲門呢！我知道，修國妹說。

半年後，大批次招工來臨。這時候，他們的運動特長又用得上了，倒不是體育，而是文藝，文體一家嘛！事實上，也是一次殺伐之斷。天長和江蘇接壤，江蘇和上海接壤，淮南則是安徽內陸，地理上遠一步；但是，淮南煤礦開創於上世紀三十年代，總部設在上海，淵源上近一步。再有一項勝數，就是農業戶口進入城鎮，稱得上改換門庭，你知道！我知道，修國妹說。沒什麼可猶豫的，雙雙去了淮南礦務局，一個在子弟中學教音體美，另一個，即袁燕的父親，下到煤礦機械廠生產科，逢到系統職工乒乓大賽，分別代表學校和工廠出征。這時候，他們生疏了球藝，興趣也淡了，漸漸退出，一個轉任語文老師，一個改做供銷。就在這一年頭結婚，年尾生下袁燕。修國妹暗中一算，少小弟九年，心有觸動，男女相差三、六、九，鄉俗以為忌諱呢！再想，什麼時代了，鬼都投胎做人，張建設又要笑話她老腦筋，隨即放下。看跟前二位，就覺得袁燕這位新人類，和他們舊人通了款曲，變得親近了。

應修國妹邀請，袁家父母來他家縣城的別墅。小弟去接未來的岳父母，舟生接爺爺奶奶，孩子們向來這樣稱外公外婆。他這年十八歲，剛考得駕照，特別喜歡開車。園生本來要跟小舅一起去接人，修國妹不讓，怕擠著了大人。先有些不悅，但很快過去，聽母親使喚搬這搬那，打點客人的食宿。這孩子性子忒好，讓人又喜歡又擔心，想她將來要嫁給什麼人，能不受欺負。向晚時分，小弟的車到了，卻沒有袁燕，說公司加班，晚些自己來。修國妹難免介懷，自己的大事不上心，只推給別人。人多事多，忙起來便忘了。張建設自小失怙恃，沒有親家見面的環節，總歸缺點什麼，這回就可補上。又是家中的獨子，兩位老人分外重視，洗浴梳頭，穿了新衣服，拘手拘腳的。好在燕子的爸媽歲數矮一截，合著長幼尊卑的禮數，恭順得很，漸漸也放開了。張建設從來把修國妹家當自己家，老的是爹娘，小的是弟妹，擔著長子的身分。經他作主，當晚是親友會，關起門不對外，下一日才是訂婚宴，擺在酒樓裡。張建設的意思還是，說是家常飯也請廚師來辦，修國妹卻不同意了，堅持親力親為，讓幫傭的女人打下手，又叫來大工做採辦運輸。凡師娘開口一聲，大工他立時拍馬趕到。食材都是新鮮，做法全是老土茬子。紅泥爐子托著雙耳陶罐，燉的紅菜：走地雞、四對豬蹄、鮑魚海參；生鐵架上銅銚子，是白湯：千島湖的大魚頭、河蟹剁成兩半、條蝦、蛤蜊、蟶子；炭鍋裡是全家福：豬肚、雞鴨血、蛋餃、魚肉圓、凍豆腐、白菜、粉條；鏊子上是烙餅，捲著饊子、炸醬、土豆絲、炒雞蛋，無數小碟子間插在硬菜底下的空檔裡，臭豆子，老香乾，酸蘿蔔，油辣子，芝麻鹽，煮花生，醃蒜瓣，數不過來。在這鄉下的桌面上頭，是枝型吊燈，一周一周的花苞狀的燈泡中間，一束水晶流蘇，直垂下來。上海來客驚呆，想不到社會發展的神速。這小小的縣城，不要說和大城市比，即便是美國白宮，他們從電影電視沒少見白宮，那塔狀的素白的一座，裡面又能如何？一路驅車過來，已經見識許多奇駿的建築，黃金頂、紫琉璃、翹簷掛了鈴鐺、大紅的斗拱、錐尖上立著一隻五彩公雞……都說上海是都會，把內地都叫成「巴子」，鄉下人的意思，他們自己才是「巴子」呢！今天，「巴子」進城了。

酒和飲料是用小車子推上來的，那小車就像外國電影裡的馬車，高背、敞篷、車斗裡各色各樣的盛器，送到跟前，讓自己選。他們哪裡知道什麼是什麼，只覺得眼花。張建設說：喝來喝去，還是中國的白酒最稱口！說著，拔出一支細頸瓷瓶，身子上寫著「五糧液」，於是舒出一口氣。等修國妹從鍋灶忙完，落了座，這兩人才有到家的心情。有她在，這晶瑩剔透的天界方才回到人間，與他們有了關係。當然，張建設也很好，處處照應，且不顯山不露水。比較他和他們，更可喜的是他和岳父母之間，並不多話，爺倆臉對臉接火點菸，吐出一口，迴腸蕩氣的。喝酒呢，也不碰杯，舉起來眼睛看眼睛，仰脖乾了，互相照一下杯底，貼心！不是俗話說的「半子」，是「多年父子成兄弟」。難免聯想起自己，那毛腳也很好，但不會成這樣的翁姑。同時呢，也覺得女兒有眼光，會看人，不單看本人，還看背景。這樣想，是因為親家比女婿更讓人滿意。

酒熱飯飽，主客稔熟起來，張建設說：看袁爸袁媽很年輕，身體也好，何不出來做點事！「袁爸袁媽」的稱呼是港台的習俗，從電視劇和生意上的交遊學來，用在這裡很貼切，名分是兩代人，年齡只在一半，不大好叫。袁爸笑道：我們都不是有大志向的人，年輕時或許有一點氣性，也讓生活磨沒了，能回上海，有落腳地，有退休金，人生不過如此！張建設說：我並不是讓二位發揮餘熱的意思，從早到晚，鎮日守在家中，多少有點悶氣。袁媽說：他不嫌悶氣，天天去公園看人下棋，上午一班，下午一班！袁爸不服：開門七件事，都是我的業務，什麼時候耽誤過？袁媽也不服：開門七件，閉門可是無數，我又何曾耽誤過？一句去，一句來，兩口子永恆的對嘴，怨艾中小小的得意。正說著，袁燕到了，席上難免亂一陣，錯落交替著起讓，她就近擠在園生的末座，隔了桌面向對面的長輩們點一點頭，修家的老人沒什麼，袁家的則欠了欠身子，收住口角，人們再紛紛落回原位。修國妹看出這家大的怕小的，感情有些疏遠，於是盡力周旋，不使冷場，無奈兩位就此沉寂，激勵不起來了。修國妹暗自嘆息，不意間，桌底下有手伸過來握住她的，是袁媽的手，就知道對方領她的情。

再吃喝一輪，張建設對了袁爸說：不蒙嫌棄，助我一臂之力如何？袁爸木登登看他，不曉得正話還是反話。張建設接著說：袁爸是資深供銷，公司就缺這樣的角色，你想，整條船收進來，拆零了銷出去，上家和下家中間穿針引線，走的是命門，自己家人才牢靠呢！只見袁爸的眼睛一點一點亮起來，臉也紅了，袁媽的手在發燙。修國妹緊緊回握一下，喉頭幾乎哽住，心裡為老公叫好，真是個知冷知熱的人，又擔得起肩胛。這話題看似新起，其實接著前茬，抬舉了大人，也是給小的臉面，袁燕卻不屑：我父親——「父親」二字讓修國妹頗為刺耳，看她一眼，袁燕渾然不覺，兀自說下去，父親做銷售是上個世代，如今形勢大變——張建設做出一個阻止的手勢，未及出聲，「父親」搶先開口了：萬變不離其宗，比如乒乓球，球、拍、賽規都有變化，可戰略戰術，還是進攻和防守！袁燕顯然很少受爸媽搶白，漲紅了臉，強笑著：乒乓是小球，真正衡量體育標準的是足球籃球。「父親」也笑了：女兒，不要看不起爸爸，中美外交怎麼開始的，乒乓球，小球推動大球！話扯得遠了，卻很機智，大家不禁鼓掌，事情就這麼定了。

正式的訂婚宴放在「水上人家」，張建設當年請姚老師就在那裡，名號還是那個，形制已經大改。酒樓變成園林，綠樹蔥蘢，原先有個水塘子，如今是一面湖，煙波浩淼，往東南連接到小溪河，小溪河至遠可抵洪澤湖，那就沒邊了。餐廳分布在樹林竹籬、亭台樓閣、湖心島，他們包了一處水榭，額題「漁舟唱晚」，對面是人工壘砌的山崖，一匹瀑布直瀉而下。廊下可垂釣，收穫的魚蝦送到灶上現做。晚霞漸盡，漁火亮起，張建設憑欄望去，想起聖人的話，「逝者如斯夫！不分晝夜。」彷彿看見多少時間過去，瞬息之間，所謂白駒過隙。可人事變故，又滄海桑田，不可預測。拿姚老師說，跌宕起伏，眼看觸底了，半年前保釋出獄，究竟柳暗花明。此時此刻，帶了妻女也在席上。書記大伯老倆口，李愛社一家，是張建設的大媒，牛不喝水強按頭結了婚，倒沉下心來，年前生了個小子，做父親的人，就不敢亂來。張躍進的戰友海鷹，早兩年辭去公職，過到公司做了副總，媳婦就是中學同學，本來家裡最看不上眼的一對，有出息的都忙事業去了，倚靠的還是身邊人，這時，也跟著兒子兒媳來湊熱鬧。單這三家，就是一桌首席。次一桌是自己家，第三，公司裡的人，不是頭面上，都是貼身的庶務，比如大工；比如張建設的司機，即姚老師家的「四」；幫廚的女人；整理園子的花木匠，拖家帶口全上了桌。

事先，修國妹迫著小弟穿西服，白襯衫，打領結。袁燕呢，穿的是一襲閃光緞的長裙，外面壓了件寬肩窄袖的小西裝，真是一對璧人，神仙伴侶。修國妹擁住他倆，推到袁家爸媽跟前，那爸媽不由退一下，表情有些瑟縮。張建設接過人來，送去未來的翁姑，這兩位倒坦然得很，做父親的在兒子後腦摑一掌：人模狗樣！大家都樂，袁燕臉上也閃過一點笑影，遂又收起了。別人沒覺得什麼，修國妹卻感到不安，這個開朗的姑娘，今天晚上，不只今晚，還有前一日，甚至更早些，變得矜持，不像她了。座上人都在興奮中，小孩子前後奔跑，爭著投食給水裡的魚，青壯年開始划拳行令，老的敘起往昔，少不了稱頌主人家的好光景。轟轟烈烈之下，修國妹也按捺心事，酒意上來，心跳得又輕又快，她坐不住了，一手持瓶一手端杯，梭巡敬酒。吉利的話想都不想，自己躍出口去，好比口吐蓮花。最後，敬到張建設，換了個大杯，碰在面前人的杯沿上：張建設，我們家的功臣，要是沒有你，不會有我們的今天，我代我爹媽，弟妹，舟生園生，還有我自己，謝謝你！旁邊的園生，她向來沒見過母親這樣誇張的舉止，皺起眉頭：媽，你喝多了！眾人這才感覺女主人確有些過量了，可在場的誰不是醺醺然，陶陶然，說話沒個斤兩。翻江倒海中，唯有一人，就像強颱風的風眼，紋絲不動——修國妹汪著淚的眼睛裡，人和物都在打轉，圍著圓心，袁燕的臉。她自知醉得不輕，心裡卻明鏡似的，一清二白。之後，她足足睡了兩天，方才驅散酒意，很奇怪的，那一點警醒也退去了，再想不起來。

按鄉下人的公約，訂婚比民政局登記還算數。小弟這邊的彩禮自然不在話下，令人驚詫的是，袁燕那邊，竟然拿出三十萬的陪嫁。如她父母這樣的閱歷，不吃不喝，又能有多少結餘？修國妹是從那日子過來的，曉得憑力氣吃飯的有限。私下問小弟，小弟一臉懵懂。收，不落忍，推呢，怕傷人的自尊。最後還是收了，來日方長，從此就是一家人了，這麼想，心裡略好過一些。走了舊禮，再行新法。修國妹專去上海，約袁燕到卡地亞買一對戒指，鉑金上鑲細鑽，另有一對純金無裝飾的，正式結婚再拿出來，由新人互相戴上。

這樁大事辦妥，接下來考慮的是小弟的就業。拖了年把，上海外企那頭顯然不再預留位置，和燕子間的爭端平息了，修國妹就是從這裡估摸出形勢。看起來像是燕子妥協，另一方面也可視作放棄。因此，和諧的局面就變得可疑。但是，不已經訂婚了嗎？修國妹對自己說。要緊的是，小弟必須要有個工作。最近便的，就是自家企業，以前不敢誇嘴，如今，他們大可稱得上企業！張建設沒二話的，立刻任命技術部主任，無論電氣工程、自動控制、電腦資料，都不出小弟的專業，轉天就去上班。公司總部建在三河口，糧庫的舊址，目前只是一幢三層水泥預製件的樓房，但業務十分繁忙，人進人出，車來車往，周遭的商業服務逐漸帶動起來，就有了復興的氣象。從別墅過去，四十分鐘車程，小弟先還勉強，拖延著，修國妹硬是將他送去按倒。三天打魚兩天曬網的過了一段，有些喜歡上了。姊夫罩著，手下人都服他管，又真有幾手，見識過現代化的工業運作，不能全用，只那麼一點點，也足夠了，所以就是輕鬆的。天天回家，吃姊姊做的飯，高速沒有覆蓋全境，走的是公路，雖然顛簸，卻有風景可看。最重要的一條，自家的公司，不必依仗袁燕。小弟再孱弱，也是獨立的人格。就業的忙碌中，時間過去大半年，無論當事者還是局外人，忽然發現，這兩人的婚禮，停止了進度，滯留原位。待後續跟上，再度納入議事日程，不巧突發一件事，又延宕下來。誰也沒預料到的，小妹回來了。

六

姊妹倆面對面站了一會，小的一跺腳，大的眼圈紅了，緊接著，懷裡塞進個包裹，低頭一看，是個嬰兒。密匝匝的眼毛蓋著，嘴裡含著個奶嘴，睡得沒事人似的。

修國妹一肚子的問題，讓這「包裹」堵回去了：這些年在哪裡，做什麼，過得如何，等等。回來的頭幾日，就在房裡睡覺，包裹裡除了人，還有奶粉奶瓶，紙尿褲，嬰兒潤膚液，所有行李都在這裡。從孩子頭皮上的胎脂看，剛足月的樣子，食量卻很大，眨巴眨巴眼，一滿瓶奶就見底，吃飽就睡。母女倆像是欠了上輩子的覺，還都打呼嚕，一聲高一聲低。小的進食還在頓上，大的就沒個準了，白日黑夜，開門坐到餐桌跟前，也不說話，等著上吃的，好像住店的客人。有幾次大的小的碰上飯點，做母親的眼睛橫過來，落在孩子身上，睡意惺忪裡忽然閃出一道精光，剎那間又收回，繼續低頭在碗裡，然後再進去睡。修國妹裝沒看見，心裡寬一下，小妹再出格，也還有舐犢之情。孩子吃飽了，吐出奶嘴，看著餵她的人，睫毛展開一排翅子。修國妹覺得有點不對，又說不出什麼不對，背脊上有點涼。把人抱到窗戶邊，日光底下，那一對滾圓的眸子，顏色變成很淺的黃褐色，好像夜裡的貓眼。雙臉很寬，噘起嘴唇，也是滾圓。真是個洋娃娃，修國妹暗自說道，緊接著被自己嚇一跳。可不是嗎？這娃娃是個洋種！修國妹胸口打鼓一般，怦怦的響。解開襁褓，胖乎乎的胳膊腿，小肚子，也是淺褐色。趕緊裹起，竟有些發怵。她離開窗口的亮地，走到小妹睡覺的房間，隔了門聽見鼾聲。懷裡的小東西也睡熟了，排翅似的睫毛闔上，投下一片陰影。這幾天似乎又長大些，日前刮淨胎毛，青森森的頭皮又發茬了，隱約打著捲似的。修國妹茫茫然踱開，脊背上的涼意忽變成燥熱，身上燙得很，原來人還抱在手上，沉甸甸的。放下在搖床裡，還是園生小時睡的，從老房子搬別墅，一股腦捲來，想不到這時候用上了。

修國妹沒有把這驚人的發現告訴人，現在，家裡大多時間只有她和幫廚的女人，其餘不是上班，就是上學，一律晨起暮歸。張建設隔三差五出遠差，從一地到另一地。袁燕倒比往常回來勤了，除週末外，中間還會有一二宿。登記和婚禮繼續延宕，其實辦不辦也無所謂，都當她是家裡人，修國妹也不像過去那麼守舊。偶爾想起，心裡會頓一頓，但很快轉到小妹身上，放下了。小妹結束這種日夜顛倒的沉睡，恢復三餐一覺。修國妹把孩子交還給她，看她餵食，洗涮，換尿布，還是負責的，卻不見她哄逗嬉耍，連笑容都十分少見。倒是那種銳利的精光，時不時閃爍一下。不知覺中，修國妹也傳染上了，她審視搖床裡的人，帶著一種苛責：這東西究竟從哪裡來的？視線移向小妹，小妹轉過臉，避開了。修國妹暗自冷笑，一個娘肚子裡出來的，心連心，誰不知道彼此！

這一天，修國妹推進小妹的房間，看她收拾東西，不由一驚，脫口道：你要走！小妹抬頭，兩人又面對面，姊姊淒然想到，這幾天的吃和睡還沒養胖你！小妹的臉白得像紙，透得進光，鼻梁上暴出藍筋。又想，月子裡落下的根，再怎麼養也難了。

姊姊，小妹開口了，都記不起小妹什麼時候叫過她「姊」，口口聲聲「大妹妹」、「大妹妹」，生氣的時候，則連名帶姓「修國妹」，顯得很嚴正。小妹咽了一下，接著說：姊姊是世界上最好的人！修國妹厲聲道：你別給我來這一套！小妹叫道：姊姊總是讓我們，幫我們，是我們心裡的靠山！修國妹打斷她：我才不要做「靠山」，難道欠你們什麼嗎？小妹強硬起來：你是大的，大的就要管小的！修國妹跟著嚷：你什麼時候服過我管？你什麼時候當我是大？小妹跺腳：當不當你大你就是大！修國妹也跺腳：你當你小？小妹連連跺腳：比你小，比你小！修國妹跺得更響：我當我的大，你當你的小，井水不犯河水。小妹回不上嘴，動手撕扯，修國妹用力一掙，小妹坐倒在地，嚎啕起來：幫我帶孩子，幫我帶一年，我保證領她走！修國妹氣急道：人在跟前你都走得開，一年以後能來？小妹仰臉閉著眼睛，使勁地哭。修國妹的眼睛也濕了，依稀看見小小的小妹，和小弟爭，爭不贏。還窺視到那雙小吊梢眼，掀起一下又闔上，狡猾的小表情。眼睛乾了，跟前是青黑的眼圈，凹陷的臉頰，髮頂上竟然有幾絲白。哭喊停止了，因為沒力氣，剩下激烈的抽搐，那身子薄的，紙片似的。時光流逝，童年的愛嬌，終也抵不過人生遭際！眼淚下來了。兩人靜靜地哭了一會，修國妹反手將門鎖別上。

兩條路由你自選，修國妹說，眼睛不往小妹看，憑聲氣知道那邊漸漸平息下來。一條路，你走你的，但是必須把事情向爹媽交代清楚！我有什麼事情？小妹啞著嗓子說。修國妹一笑：你很好，都是那冤孽的事，不能從石頭縫裡蹦出來！小妹回道：十月懷胎，肚子裡落下的，老天爺的事！這強詞奪理無疑是小妹特有，她倒不生氣，反有點釋然，過去的那人沒有絕跡，回來了些，於是又笑了：南瓜還要撲個粉，天下萬物哪一樣不是出自於雌雄相合？也有單性遺傳！修國妹說：那你就和咱爹媽說明白這個遺傳道理。小妹翻了個白眼，還要強辯，被修國妹止住了：第二條路，什麼也別說了，把人帶走！小妹囁嚅道：帶哪裡去？修國妹說：該去哪去哪！小妹不做聲了。修國妹不禁有些得意，從小到大，從來沒有箝制過這個妹妹，小弟也沒有，他們向來都是輸家。於是，到好就收，留下一句：不用現在回答，什麼時候想好再說！跨過地上的包裹行李，出了房間。想了想，還是把門反鎖，鑰匙揣在口袋裡。小妹不是個認理的人，倘若一味來蠻的，怕是擋不過她。

這一日的午飯和晚飯，都是幫廚的女人送進去，裡面的人倒也安靜，沒有發生抵抗的行為。第二天安然度過，第三天也是，修國妹看出人已經轄治住了，便開了鎖。卻不敢走開，坐在底下餐桌邊聽動靜。午後，大人小孩都歇著，修國妹有一時盹著，猛醒過來，對面是小妹的臉，相隔一張長桌，又遠又近地看她，便將眼睛迎上去。兩人都不開口，就像小孩子的遊戲，「我們都是木頭人，不許說話不許動」。最後，還是修國妹撐得住，小妹先說話。有沒有商量！她說。當然，修國妹說，都是大人了，講道理的。小妹移開眼睛看了窗外，庭院陽光下，晾杆上的衣衫在飄動，五顏六色，蝴蝶似的。小妹說：我要不走，你怎麼和爹媽說？她用下巴頦點了點搖床的方向。修國妹眼睛不抬：地溝裡拾的！小妹逼近一句：你拾的！這就是小妹，慣會甩鍋。但關要處依了自己，枝節讓她一步又有何妨？好！她說。顯見的小妹舒出一口氣，心裡冷笑，真讓她走，她也沒地方可走，不如順坡下驢！這樣，一大一小留下了。老家的爹媽過來，看到小妹，歡喜都來不及，來龍去脈就不問了。至於孩子，鄉下人向有拾貓拾狗的習慣，拿命當命，見怪不怪。看那小東西哪裡都是圓鼓鼓的，還取個小名叫「核桃」，至於大名，修國妹作主，姓她姓，是她拾的嘛！交一筆錢落下戶籍，從此家中添個人口。

私下裡，修國妹問了孩子出生日期，才知道，其實還在月子裡。於是調羹做湯，從頭補起，小妹的臉圓潤起來。有一回，見她坐在院子的葡萄架下，樹蔭蓋了一身，懷裡裹著個東西，一拱一拱的，原來是小傢伙在吸奶頭。小妹早已經沒奶水了，母女倆在過嘴癮呢！修國妹悄悄退回屋子，沒有揭穿，卻生出欣慰，小嘴叼上奶頭，就再甩不脫了。這是沒人的時候，當了人面，走路都要繞道，十分嫌棄的樣子。然而，做了母親總是有改變，瞞過別人，瞞不過修國妹。小妹的目光柔和了，不像過去，刀子一般。更重要的，母愛使她快樂起來，跟著隨身聽唱歌，神情怡然。她唱的多是粵語和英語，略微透露一點過往經歷的信息。姊妹單獨相向，會討論孩子的未來，說未來太遠大，只是眼下的一日一日，許多問題接踵而至。比如，開口說話怎麼叫人？討論的結果是，叫修國妹「媽媽」，小妹是「小姨」，舟生園生即「哥哥」和「姊姊」，張建設呢，就是「爸爸」。說到此，小妹嚴正了臉色，看著姊姊，問出一句話：姊夫知道？修國妹反問：你說呢？小妹被問倒了，別過臉去。修國妹想，到底有她難堪的一節。張建設在小妹，至少是一半的父親，真正的父親她可是不忌憚的，任著性子坑蒙拐騙。既然話說到這裡，修國妹就建議，等張建設在家，一併談談小妹的前途。姊姊說，曉得你在社會上有自己的人脈，但比不上自己家的人，路是窄些，心是誠的！很少有的，小妹沒有回嘴。

這天晚上，將閒人驅出去，三人坐齊了。小妹佯裝不在意，其實是有些侷促，到家後頭一回與姊夫面對面。修國妹和張建設相視一眼，想的是同一件事，終於把這人拿下了。停了停，張建設哈哈笑起來，修國妹問笑什麼呢？張建設說，許多年前，他和小弟小妹三人在蚌埠，正要進酒店，迎頭撞上一夥老外，只聽對方口口聲聲的「索來索來」——小妹你還記得？小妹點頭，臉色卻很茫然，不知道如何說起這事。張建設接著往下說：以為罵我們擋路，其實呢，是「對不住」的意思！修國妹倒第一次聽說，笑道：要反過來，罵你們當客氣話，才尷尬！可不是，張建設對了小妹，所以，讀書少就吃虧，我頂羨慕你們這些受教育的人，我和你姊姊沒碰上好時候，只能拚力氣！小妹說：姊夫你可不是靠力氣拚的，你有好頭腦。張建設認真道：一個好漢還要三個幫呢，現在有你姊姊，你哥哥，加上你，就滿三個了。修國妹伸手搡小妹一把：聽出來嗎？有戲！小妹梗起脖子：還沒說完呢，到底誰幫誰！張建設說：你幫我！小妹回過去：姊夫就是好漢囉！修國妹在她頭頂摑一掌，張建設宣布：面試通過，聘任法務部主任。小妹住嘴了，有些驚呆，事情這麼簡單。張建設又說：照理和你哥哥平級，但他多做了兩年，待遇高你一成，以後看業績再調。這兩人沒回過神來，那邊一拍案：散會！

修國妹暗自吐一口氣，小妹是個沒定性的人，難保她從此安分，但眼下總歸有了著落，過一日算一日。好在她有軟肋，就是核桃，天下兒女都是父母的軟肋，但誰知道小妹是不是天下的人呢？權且當她是吧，就不怕降伏不了。稍稍定心，卻又隱隱有另一種不安，現在，他們全家都拴在一條船上了！可是，這不就是家族企業嗎？她對自己說，多少釋然了。

小妹上班頭一樁事是學開車。修國妹送她去報名、註冊、繳費、認師——自己考駕照時候的同一位。原來國企的貨卡司機，關停並轉後開了一爿駕校，那陣子，隨著汽車工業勃興，駕校遍地開花，經過幾輪競爭，大浪淘沙，出局了。賣了營業牌照，也不去別處，就在易主的生意裡做教練，老東家給新東家打工，多少是存心，讓人不自在。但手藝好呀！他向學員吹牛，當年學車，底座架起，輪盤空轉，就是三個月！看小妹跟了師傅去，那背影是馴服的，馴服得叫人起疑。修國妹罵自己神經過敏，轉身坐回車裡。返程路上，從三河口作業區繞一下，遠遠的，只看見一片揚塵，遮暗了日頭。與河灘地平行一二里路，才漸漸走出去，回到清朗的天地間。張建設的事業真的做大了，大到她都不敢看，遠超出她的眼界。張建設和她說起生意上的事情，已經聽不懂了。但是，放眼望去，哪裡不是日新月異？昨天這樣，明天就是那樣，他們還不算什麼，一路下去，皖南、蘇北、蘇南、浙北、浙西、浦東，可說越演越烈。她都想不起原先的地貌和作物，以及天際線，連同她自己，想起來也是惘然。

順遂的日子總是過得快，核桃一天一天長大，頂著一頭羊毛似的捲髮。修國妹極力梳平，緊緊紮兩個小辮，沿額角別上一溜髮卡，看著她淺褐色的瞳仁，想：這到底是誰啊！孩子笑得咯咯響，打個魚挺，險些躥出去。修國妹感覺到她的力氣，暗自說了聲：野種！被自己嚇住了。園生的同學來玩，自從有了核桃，那些小女生來得勤多了，爭相抱她，十分搶手。小孩子都是人來瘋，這一個又格外愛熱鬧，動靜特別大。小姑娘喊她「洋娃娃」，讓修國妹聽見，心又是別的一跳，彷彿道破玄機。她對園生說，以後少讓同學來。園生問，為什麼？園生近視鏡片後面的小細眼，開闊的眉間，鼻翼兩側，哪裡都顯出寬扁，核桃則是凸凹有致。修國妹認識到不同人種的差異，基本可分作兩類，一種平面，一種立體。這是外部，內部呢，就體現在性格上了。落實到園生與核桃，前者和緩，甚至有些怠惰，核桃則是躁急，隨著年齡增長，這樣的異稟將越發顯現。雖然是「拾」來，為什麼別人家拾不來，偏偏是她們家？這麼想，就鑽牛角尖了，但修國妹已經煞不住車，她緊張兮兮，疑竇叢生。先擔心幫廚的女人洩漏出去什麼，她可是親眼看見小妹帶核桃回來的，第二天找個由頭打發了。再然後，輪到袁燕。燕子這一向回來的不怎麼規律，有時候兩三禮拜看不見，又有時，比如近幾日，則反過來，天天來，替舟生申請美國大學，幫忙填各種表格。舟生挺喜歡這位舅媽，「舅媽」兩個字又讓她想到，兩人的婚宴拖延下來，始終沒辦。這念頭閃一下即過去，因有更迫切的事端。核桃的來歷連小弟都蒙在鼓裡，燕子也從不問，就是這一點讓人不安！分明有所察覺，為避免難堪，索性沉默。有誰聰明得過她！修國妹看著吊燈底下的兩個人，埋頭在一桌面的表格，偶爾吐幾個外國字。燕子忽抬起頭，轉向修國妹：姊姊你和我說話嗎？意識到自己出了聲，且不知道說的什麼，窘極了。遮掩著，起身端茶送到桌上，不料舟生叫起來：拿走拿走，水灑下來了！燕子斥責舟生：怎麼和媽媽說話的！修國妹端回茶杯，生出些妒意，好像兒子歸了人家。有了這成見，燕子的嫌疑就更重了。事實上，燕子不知道是假，不在乎是真。在她這代人，又是出過國，並不以為單親媽媽稀罕，只是看見全家口風閉得鐵緊，才當不知道。

修國妹想到搬家，搬去哪裡？蕪湖。早幾年，舟生在常州讀書，為方便接，市區裡曾買過一套公寓，基本空關，供公司裡人出差時候落腳打尖，事實上，住酒店更便捷，極少用得上。不如出手，添些錢在市郊買一幢別墅。張建設也贊成，並不因為核桃，核桃算什麼事？誰愛嚼舌頭誰嚼去，他的心意是在發展。內河裡的船家，終年在水網周轉，那些無名的支流，縱橫交錯，岔口套岔口，夠幾輩人進來出去，倘若天人合一，逢得機緣——他說起那年送小弟上學，在蚌埠淮河大壩的夜晚，星月滿天，壩腳下是烏泱泱的黑水，騰騰地奔流，流去哪裡？洪澤湖、高郵湖、邵伯湖、邗江，那就是入了經籍的水系，再要天人合一，就到了長江。長江，是一次大機緣，所以叫做「天塹」。不說山海，只說省界：江蘇、安徽、江西、湖北、湖南、重慶，沿途又分出幹渠，向西有漢江、烏江，向東呢，黃浦江，黃浦江的造化就大了，直向東海……修國妹聽張建設說話，好像第一次認識他，這是誰啊？心這麼高，都飛到天上去了！

接著就是找房子，江北新開發的工業園區，房地產跟緊旺起來。大小仲介來不及開門店，舉著牌子直接站在高架匝道底下，稍流露些意思，立即跨上摩托，引了去看房。所謂看房，其實看的是工地。打夯機轟隆隆震得耳朵疼，塔吊懸在頭頂來往，戴了安全帽，危險地攀爬在沒有扶欄的水泥墩。手腳並用登上樓頂平台，直起腰，看見前方白茫茫一條，有汽笛聲傳來，頓時心情疏朗。這就是張建設神往的長江，氣象宏大，內河不可同日而語。船上長大的人，總是和水親，此時，彷彿回了家。她摘下安全帽，風吹亂頭髮。那風走過遠路，將細碎分散的能量收集起來，變得浩蕩，可氣味是一樣的，帶著泥土和青苗的氣味。仲介的年輕人，穿一身黑西裝，腳上的白跑鞋黏了泥灰，頂著藍黃相間的頭盔。這一帶，遍地跑著這樣的鐵騎兵。他不明白這個客戶為什麼要上房頂，上了就不下來，「阿姨阿姨」地喊她，絮絮叨叨著客廳、臥室、衛浴、前後花園。她一句聽不見，滿耳都是風聲，江鷗的撲翅和鳴叫。終於，修國妹轉過身來，問什麼時候交房？猶猶豫豫說了個日子，曉得他也不能做主，便不再為難，說聲「好」，探著路下樓。已經到飯點，工地沒有人了，機械停歇，靜寂中，好像換了人間。她這才注意四周環境，房屋間距，空地面積，還查看水泥型號，鋼筋粗細，地基的深度，就知道不是一般的「阿姨」。本來不指望買賣成交，多少次看房都是沒結果，這就叫做概率，不料想「阿姨」要約下定的時間，簡直喜出望外，小臉漲得通紅。一句話的工夫，萬事大吉，鐵騎兵跨上摩托，鳥一樣飛走了。修國妹踏著滿地的瓦礫沙土，走回自己的車，忽然噗哧笑出來，從什麼時候開始的，買房就像買白菜蘿蔔，提起來就扔進籃子。做夢似的，恍惚裡，一個自己看著另一個自己。她坐進車，點火發動，開走了。

現在，她要去公寓看看。張建設的意思，賣它不如等著它升值。沿長江一帶，前景向好，就這幾年，房價翻倍不止。再說，手裡的活錢足夠全款付清。修國妹倒不因為吝惜錢，只是覺得造孽，心裡不安，房子不是白菜蘿蔔，「白菜蘿蔔」又來了，自己真是個過時的人！張建設說，他不是錢不當錢，而是看得透錢的物性，其實是個活物，會縮水，會起泡，「通貨膨脹」、「泡沫經濟」就是從這裡來的，唯有不動產可以和通脹賽跑。這就不是修國妹懂的了。還是回到具體的現實，那就是，房子要人氣頂，一旦空下來，便頹圮了。張建設又和她解釋不動產的本質，比如房子，價值主要在地，而不是地上物，水泥、鋼筋、磚瓦，要多少有多少，地卻只少不多，俗話不是說物以稀為貴？這道理修國妹是懂的，他們水上人家向來對土地懷有崇敬的心，可是轉化為「投資」、「增值」一類的概念，又茫然起來。她務實地想到，這麼幾處房子，單是收拾都顧不過來呢！張建設沒話說了，就是笑。討論到這裡，決定賣是要賣，但不必急趕著，非搶在買別墅之前，再說，也要等出價合適對不對？

修國妹好久沒去公寓了，小區甬道上的停車明顯多了，幾乎占了一半，餘下的勉強容納兩車交會。水池乾涸了，露出生銹的噴水眼。樹木有日子沒打理了，變得凋敝，草坪則裸出褐色的泥土。巡視的保安也看不見了，只有拾荒者在垃圾箱裡搜撿。零落幾處陽台晾曬著衣物，在風中飄蕩，原本居家的溫馨，反增添了冷清。走進單元門洞，誰家門裡傳出油鍋爆炒的聲音和氣味，稍許驅散些荒蕪。修國妹家的公寓在頂層，走上去，兩邊的公寓多是緊閉，金屬的鏤花拉起蛛網。看起來，大部分房屋空關，她不也是嗎？業主們，就像張建設說的，是為投資置產。走到自家門前，掏出鑰匙開鎖，推進去，面前陡的大光明，睜不開眼睛。向南一排玻璃幕牆，正對著正午的日頭。在玄關換了鞋，走上晶亮的柚木地板，湖面似地倒映著投影。牆角的沙發蒙了布罩子，揭開來，掀起一片細塵，在空中打著細小的旋。餐桌上一層薄灰，抹一把，手上卻是乾淨的，是漆水的反光。臥室拉著雙層窗簾，眼前忽然黑下來，適應幾分鐘，櫥櫃床具漸漸浮凸輪廓。她摸到壁上的開關，燈亮下生出一點夜色，翠藍底金銀撒花的床罩，踏腳地毯的波斯圖案，乳白鑲金的梳妝檯，荷葉捲邊的鏡子裡的修國妹，又彷彿一個自己看著另一個自己。趕緊退出去，走到次臥。按慣例設計成兒童房，其實舟生已經是少年了。一應用物全是原木顏色，塗了清漆，透出紋理和疤節，想像中的森林小木屋。她和舟生總起來算，不過住過三五夜，一切都是簇新，真捨不得出手呢！留給園生結婚用？想到這裡，都要笑出聲來，這園生年紀小不說，還開竅晚，什麼時候嫁人？到她嫁人社會又不知變成什麼樣。一個人在房子裡梭行，浴室的地磚壁磚三件套，全是白陶瓷，雪洞似的，生冷生冷。打開熱水器，放些水，霧氣起來，漫出些暖意。廚房是不銹鋼主打，散發出兵器的刀光劍影。找到一包方便麵，水在鍋裡沸騰，麵塊帶著調料一併沉下去，辛辣鮮濃的香氣頓時瀰散開來。她合上鍋蓋，又一遍想，房子要人氣頂呢！

回去之後，和張建設商量，要不，先住到公寓，慢慢等別墅交房。張建設說，有這麼著急嗎？修國妹說：這核桃見風長，轉眼聽得懂人話。張建設笑起來：未必，我看她憨得很，只園生一半，舟生的百分一！修國妹聽他貶核桃不夠，順帶把園生也捎帶進去，譏誚道：你兒子天下第一！不是你的兒子嗎？張建設反問。園生不是你女兒？修國妹也反問。當然，張建設答，靜下來，再又緩緩道：女孩子家，笨一點是她的福氣。修國妹說：你指我的吧！張建設說：你又不笨！可是我福氣好啊！修國妹認真起來，兩隻杏眼睜得溜圓，看著對面的人。那人禁不住又笑起來：福氣好嗎？好在哪裡？修國妹越發認真：跟了你就是福氣！那人正了神色，肅然道：是我的福氣。說到此處，兩人都有些激動，還有些窘，因流露感情感到害羞。夫妻間就是這樣，時久天長，越發怯於談愛。收起話題，兩人分頭做各自的庶務，搬家的事暫且擱置了。

舟生的事按部就班，先收到學校的錄取，正是小弟和袁燕就讀的那一所，然後申請護照簽證，租房子，訂機票，兌換貨幣。幾乎袁燕一手操辦，修國妹只是置辦行李。小弟出國的攜帶，也是她收拾打點。那時候，沒幾家做西裝的店鋪，都是買的現成，面料也不對，穿起來像鄉鎮企業老闆——他們家可不是鄉下人出身的老闆？現在不同了，她帶舟生到上海老錦江的禮服店定製，其中有一套燕尾服，卻被否了。袁燕說西裝其實是商務職員的工作服，燕尾服出席的大場面，別說留學生，一般人都接觸不到。舟生不願要了，修國妹怎麼肯出他，母子僵持不下，最後解鈴還需繫鈴人，袁燕發話，說不定呢，導師的生日，婚禮，音樂會，教堂……好，帶上黑色三件套，其餘留下。做父親的，別的沒意見，唯有一件，就是鞋，絕不退讓。於是，單的，棉的，室內室外，山地雪地，運動休閒，張躍進伸出窟窿的腳趾頭，是永不泯滅的痛楚。這些鞋也是袁燕幫著挑的，修國妹裝箱打包，不免要想，這鞋裡的心結，燕子知道嗎？臨近出發的日子，袁燕向總公司爭取到一項差事，正好與舟生同行，多少緩解旅途上的掛慮。小弟當年出國是二十五歲，舟生才滿十五，修國妹難免要生悔意，可她一己之力怎麼擋得住時代潮流？少年人但凡有可能，都往國外讀書，趕早不趕晚，原先是讀研，後來是本科，中學，小學，更急的，娘肚子裡就跑了去，等著落地。到了機場，她雖不捨，還撐得住，想不到的是張建設，舟生進海關那一刻，竟落淚了。她還沒見過他落淚，只見他一手掩面，另一手揮趕著，一疊聲地說：快走快走！看舟生和袁燕前後相跟走向關口，排進出境的長隊，不期然間，又一次想到，兒子不是自己的，歸了別人。這別人不是那別人，是孩子的舅母，自己的弟媳，可是，真的是嗎？她幾乎不能肯定了。

小弟和袁燕的事湧上心頭，驅散了舟生離開的傷感，但也是折磨人的。正狐疑不安，張建設提出一個建議，這建議從某種方面確定了那兩個的事實婚姻。張建設說，是不是讓袁燕的父母搬到蕪湖的市區公寓住。修國妹說，從上海搬到三線城市，人家願不願意。張建設說，上海也分三六九等，他們的房子像個柴棚。修國妹說：你去過他家啦？這話出口，兩人都嚇一跳似的頓住了，停一停，張建設回道：不是聽你說的？修國妹依稀記起自己向家裡人描述過那一次造訪。張建設解釋：公司總部早晚落地沿江城市，袁爸跑業務也方便些！修國妹不做聲了，房子有人住好過無人住，住的又不是外人，是親家。不久，袁爸袁媽就搬了過去，上海的房子出租，每月得幾百元租金，雖然經濟已經不是問題，但這不就是過日子嗎？搬家公司的車上卸下的，也是過日子的雜碎，拆下的紗窗，油毛氈，那藤條箱大約是從下鄉時候用起的，甚至還有一把生煤爐的蒲扇，連修國妹都覺著多餘了，心底又有一點感動。眼看著公寓被填滿，原先的流光溢彩暗淡下來，同時呢，有了煙火氣。修國妹和小弟幫忙收拾，中午，袁媽擺了一桌飯菜，有現燒的，也有事先備下，隨車帶來，天曉得她是端著一鍋雞湯。吃飯時，就要提到去美國的袁燕舟生。袁爸問小弟為什麼不一起去玩玩？小弟的回答，令在座人很意外，他說：那地方我再不要看它一眼！修國妹這就知道小弟的留學經歷並不那麼愉快，然而要不是袁燕作主，他又是下不了決心回來的。

安頓下袁家父母，姊弟倆驅車返回。先在市中心盤旋，紅綠燈閃爍，身前身後車水馬龍，小弟說：這和美國有什麼兩樣！好不容易繞到匝道，經環線上了高架，從高樓齊腰駛過，看得見窗戶裡晝夜開著的白熾燈，人行天橋到了腳底，就這麼將城區拋在下了。小弟又一次說：和美國有什麼兩樣！他變得飛揚，這大約是美國唯一的餽贈，速度。他喜歡駕車，再長的車程也不會生倦。位於技術部主任，本該人家替他開車，可他還替人家開，送這送那。無事的時候，一個人漫遊，隨機上一個匝口，沿高速而去，去到不知什麼地方。反覆變道，總能回到出發的地方。修國妹說：美國總有一點好處吧！他回答：有，高速公路，我們也有了。修國妹就沒有話了。姊弟倆向來說的少，做的多，有一顆貼己的心。和小妹正相反，來去都在口舌上，卻隔著肚腸。但是說到了汽車，小弟有些停不下來，他接著說：美國人是汽車人——這話怎麼說？修國妹不禁也來了興致，緊著問道。有一回，從芝加哥回學校，下了高速，車忽然熄火了，路邊是一座教堂，對了，是個禮拜日，一群教民做完彌撒走出來，你知道，他對姊姊說，美國人，尤其美國男人，絕不能看見一輛車停著不走的，於是，趨向前來，幫著檢查，結論是必須送汽修廠，你猜怎麼著？修國妹說不知道。大家一起推車走，沿途不斷有人參加進來，推了兩公里，一直推到地方。兩人笑起來，修國妹說：看起來，美國的好處還不少！小弟點頭又搖頭，不知同意還是不同意。姊弟倆難得這麼暢快地聊天，所以都很快樂。

汽車走在高速公路，飛越過無數河流：襄河、沙河、女沙河、池河、小溪河、沫河……從半空中往下看想起來，它們變得多麼小，船呢，玩意兒似的，裡面的人在過家家，有爸爸媽媽，兄弟姊妹，擺桌吃飯，安床睡覺。她就是在這片水域裡出生長大，晝行夜泊，想起來就像上輩子的事，其實呢，不過十數年的工夫！不要說她們姊弟，連甪生，不也是叫舟生嗎？現在，舟生去到美國，那個公路和汽車的國家。小弟的話匣子打開了：在我看起來，世界上所有人，不論男女老幼，就分兩類，一類喜歡美國，我就叫他們「新人類」，一類不喜歡美國，叫「舊人類」，修國妹覺得這說法很有趣，有意探討：比如——小弟說：我和你是舊人類，小妹新人類。修國妹說：小妹並沒有去過美國。小弟說：不論去沒去過的！修國妹接著問：舟生呢？小弟說：舟生還小，沒定性，顯不出來，好比初生的雞雛，不辨雌雄！修國妹大笑，想不到小弟也是風趣的，笑過了，問出一句心存很久的話：袁燕屬哪一種人類？小弟沒有立刻回答，方才的活潑收起了，正色道：我倒沒有把她歸進去呢！後半段路程是在沉默中走完，兩人都沒再說話。

七

核桃一歲半的時候，新別墅交付了。圍繞她的閒話，早平息下來，坊間自有一種吸納異質的能力。尤其小孩子最沒成見，外邊人看著稀罕，叫一聲「小外國人」，四周的小朋友就一疊聲喊起來：中國人，中國人！但搬家已成定勢，不只為核桃，張建設的拆船公司也在蕪湖市裡租下幾層寫字樓，供企畫、法務、銷售幾個部門辦公。小妹搬過去，小弟留在三河不動，園生還有半年高中，不願意中途轉學，也不動。修國妹到鄉下動員爹媽搬進城，生活便利，又好照顧小的。前一條理由不被認可，後一條很有說服力，就依了。修國妹想的是把小院退給村委，書記大伯說不容易得來，手續都全了，不定哪天用得上，暫且就託大伯看管。收下一季瓜菜，滿滿塞了兩輛車，一併開進城裡老別墅。原先的幫傭打發了，老人家不慣差使人，樣樣都要自己來，這一樁，就依了他們。隔日，修國妹便和小妹核桃去到蕪湖的新別墅。

搬遷的日子裡，張躍進轉業回來，軍隊到地方，按規定降半級，在行署教育部門任科長。走的時候一個人，回來一家三口，媳婦是部隊駐地的居民，原籍湖南，父母是當年農墾的場工，自己讀了師範，子弟小學做老師，如今轉到地市中學。修國妹以為兩口子中至少有一個會在自家的企業裡謀個要職，有些擔心小叔小嬸生隙，張建設沉吟道：美國洛杉磯是高速公路上的城市，以車代步，有不成文的規矩，一家人不乘一架車！你的意思是——修國妹問——雞蛋不能放一個籃子，就是這個意思。修國妹釋然了些，又好笑道：好像你去過洛杉磯似的！張建設就笑笑。張躍進的女兒比園生小兩歲，初中一年級，沿著哥哥家孩子的起名，叫做疆生。也許水土的關係，長得有幾分維族人的模樣，眼睫很濃，一雙大眼睛，和核桃一起，好像親姊妹。多少因為這個，修國妹很歡迎她來玩，園生週末過來，階梯般一溜姑娘，領著上街看電影買東西吃麥當勞，眾人眼裡一個幸福的母親。

公司分部開張，湊著十周年的日子，舉辦慶典。從裝修起，張建設就不讓去現場，說要給個驚喜。修國妹按捺不住，開車到寫字樓下，玻璃幕牆上張了篷布，透出燈光。後面的車摁著喇叭催促快走，繞個圈回來，還是那樣，篷布後面的燈光，汽車喇叭大作，索性放棄探究，只等那一日來臨，揭開謎底。再說啦，她也藏著個驚喜呢，看誰的驚喜勝一籌！好像回到小時候，和弟妹玩耍，此刻則帶有閨中戲的意思。他們真是配著了，多年夫妻，彼此都無倦意。這一段時間，又好過又難捱，彷彿出閣前夕，甜蜜的不安。幸虧時不時的打岔，轉移些注意力。舟生回來度聖誕假，修國妹想起小弟留學的時候，家境不像現在，哪裡能說回就回？袁燕從上海帶來一棵雪松，於是就有了聖誕樹。平安夜，小孩子都來了，除自家的幾個，李愛社的一個，海鷹的一個，園生的同學，姚老師女兒的孩子，與核桃一般大小，客廳地毯上坐滿了。上海的蛋糕點心，鋪了一桌，最受歡迎的卻是修國妹的麻葉，麵皮上撒了芝麻鹽，油鍋裡炸出來，一籮一籮，沒個夠。吵著要過通宵，未到子時就都睡著了，喊起大的，抱走小的，留宿的留宿，回家的回家，瞬間走空，餘下一地糖紙、禮品的包裝、聖誕樹的彩帶掛飾，小孩子的玩具車。修國妹一件件拾起，歸置在牆根，免得第二天早上絆了腳。見沙發後面横著一捲包裹，俯身細看，原來是舟生，蒙了沙發上的毛氈。想叫他起來上床睡，又怕擾了覺，就不動他。靜夜裡，聽得見他的鼻息，細細的，小貓似的。這麼長大的一個人，還是她的小兒子，骨肉連著骨肉，心連心！

到那日子，修國妹帶了袁爸袁媽，踏進大樓，升降機電掣一般，耳邊呼呼的風響，停下，開門，站在了中央圓廳。挑空三層，玻璃穹頂上藍天白雲，底下一具平台，停一艘木船，外殼漆水斑駁，掛著幾縷水草，走近去，看後艙壓著貨包，前艙簷下，甲板支著案桌，桌上有酒有菜，人卻不知去哪裡了。修國妹想，這情形好生眼熟，分明在哪裡見過，陡然間，視線模糊起來，恍惚間，飯桌邊有了兩個人，一個是爹，一個張建設，正交接自己的終身大事。她抬手抹一把臉，人不見了，看得更清，那不是從小長大然後出閣走的水上屋嗎！她叫一聲：張建設！喉頭哽住了。眾人都鼓起掌來，穹頂下彈出一串氣球，五色繽紛。她給張建設的賀禮在慶典結尾時亮出，是一具船鐘。早年張建設從蚌埠舊貨市場買來，又從舊船拆下，張建設自己大概都忘了，修國妹卻一直收著，幾度搬家都留下來了。事先，專去上海找了個亨得利鐘錶店的老師傅，換了錶芯，擦拭一新。這一回，輪到張建設濕了眼眶。

千禧年轟轟烈烈來臨，這具有天象意味的轉折，落實在修國妹的紀年，那就是核桃四歲；園生升高三，備考大學；舟生呢，在美國提前完成本科學歷，去到另一所學校讀研；小妹三十七歲，大約因為前一段感情挫折，至今單身未婚；小弟三十九，袁燕三十，保持現狀既沒有登記，也沒有辦酒，過著兩地通勤的同居生活——修國妹想，如果有了孩子，興許可推進事態？可是袁燕並沒有受孕的跡象。

現在，袁燕來蕪湖的時間多了，人家的父母在這裡呢！再則，也給公司幫點忙。小弟還是在三河上班，住縣城的老別墅，獨享爹媽的照顧，沒有小妹爭寵，也沒大姊的管束，倒十分自在。鄉下人講虛歲，三十九當四十，就是半大的生辰，姊夫送他一輛雪鐵龍吉普，很中他的心意。一踩油門來了，再一踩走了，到底是和姊姊親，和老的吃飯穿衣是好的，但是有什麼話說呢？這一段，袁燕替公司爭得一個大單，美國軍用運輸船。張建設很看重這筆生意，倒不是多大的進帳，而是意味了開拓海外市場。所以，決定隨袁燕同往，親自談判。舟生在相鄰的大學城，也召過去，已經到了熟悉業務的時候，將來這一切都是他的！再加上小妹，就像多年前，送小弟去省城上大學，小妹非跟著去不可，她總是被外面的世界吸引。不過這回是姊夫主動安排，法務部主任嘛！三個人走後，家裡剩下修國妹和園生核桃，小弟來了，就載上她們兜風，都能開到上海，住個一兩夜。核桃騎坐在舅舅的脖頸，園生和媽媽跟在身後，她高出修國妹個頭頂了，一行四人走過南京路步行街。江風浩蕩，載著萬點燈火，一層層過來。核桃掙著下地，在防波堤觀景台瘋跑，園生前後堵截，兩人的衣裙在風中，蟬翼般的透明。修國妹和小弟憑欄望著遠處的渡船，亮晶晶的小窗格子裡，飄出樂聲。他們就像一家人，是的，他們本就是一家人，美國那邊的人，也是一家人！修國妹暗暗一驚，她想到哪裡去了啊！在這璀璨的天地間，人都變得有點不像。小弟的襯衫吹得順風蓬似的，下襬抽出褲腰，她看到一個開始發福的中年人。觀景台上人越來越多，大半是遊客裝束，也有附近的居民，穿著睡衣拖鞋，大小幾口，居家的安詳平和。這才是一家人呢！修國妹想，胸口別別的跳。

美國一行人回來了，談判很成功，張建設什麼時候不成功了？因為時差，還有亢奮的情緒，他白天黑夜不能入睡。修國妹凌晨醒來，聽客廳裡的踱步聲，裹件衣服下樓，看張建設在繞圈走路，走得很急。頭髮洗過，沒有梳平，此時炸起來，就像一頭困獸。修國妹叫他，倒把他嚇著了，原地一跳，回頭看她，眼睛灼亮，她不由也一驚。有幾分鐘時間，兩人屏氣站著，彷彿要重新認識。他舒一口氣，她接著緩下來，問吃點熱乎的怎麼樣。他先搖頭，是覺得不對症，再點頭，反正閒著也是閒著。她轉進廚房，點火煮水，打進四個雞蛋，加兩勺白糖，端上桌。他說聲「謝謝」，她笑道：這麼客氣！他也笑：美國人的作派，時不時的，謝謝，謝謝，說溜嘴了，到機場踩了老太太的鞋，應該說對不起，出口還是謝謝！她哧鼻道：美國真厲害，十來天工夫，就叫人改性情！自覺得出言促狹，便換了話題，問舟生怎麼樣，能派上用場嗎？張建設的腦袋在碗口上擺了擺：傻！怎麼會！修國妹不服。張建設說：古人有言，「橘生淮南則為橘，生於淮北則為枳」，就是這個道理。她不禁好奇了：美國人傻嗎？他又說：我們鄉下人也有話，「人大愣，狗大呆，包子大了都是菜」，說的就是那地場的人！她緊追著問：到底怎麼個傻？他放下吃空的碗，靠到椅背上，熱食使人放鬆，變得慵懶：就說吃飯，中國餐館也學洋人，單人單份的客飯，兩個美國人，照理各點一種，湊成兩個菜式，他們不，面對面，一人一盤紅燒肉！她同意說：是有些愣。舟生也學得這腦筋——說到這裡，張建設又氣又笑：燕子帶給他幾張碟片，我也不懂，什麼「重金屬」，是他喜歡的，不想就像燙了手似的，說是盜版碟，觸犯法律！修國妹大笑起來，舟生拒絕袁燕的東西，格外讓她開心。因笑得太放肆，張建設詫異地看向她，這才止住。此時，兩人之間忽然一陣透亮，窗戶紙似的。晨曦照進來，映暗了廳裡的燈。修國妹伸開雙臂，朝天打個哈欠，起身回房間繼續睡覺。

園生高考一日一日臨近。她不像哥哥天資聰慧，又是女孩，家人的期望不高，在普通中學讀書，沒經歷壓榨式的應試訓練。性格散漫自由，其實未必壞處，但晉升晉第的社會主流，卻不是少年人抵擋得了。從縣中到蕪湖高中，學校和學業都是新人新事，需從頭來起，大概還和青春期叛逆有關，園生忽變得進取。可基礎就是那樣，方法也欠科學，周圍都是拚搏的人，更上一層樓談何容易。每逢模擬考排名，或因位置前移興奮，反之沮喪。壓力刺激內分泌，在她這樣豐腴的體質就是肥胖，於是又多了一個問題，每天都要過磅，減則喜，增則惱。她遷怒母親的基因，為什麼非遺傳給她，哥哥卻繼承父親。繼而是，哥哥上重點中學，自己沒有。事情迅速演變成分配不公，性別歧視，不是嗎？媽媽總是說，沒關係沒關係，上了大專又怎麼樣？你這話敢對舟生說！園生頂撞道，連「哥哥」的稱呼都沒有了。近視鏡片後面的小細眼鼓著一包淚，更顯得腫泡。做媽的又生氣又心疼，又幫不上忙，還著急。她也就敢對母親無禮，父親還讓她生畏，修國妹為此暗自慶幸，總算有個怕的人，要不怎麼鎮得住！

園生的同學也不來玩了，修國妹以為只是功課的緊張，後來發現她們已經變成競爭對手。不只是排名先後的追趕，還有信息資源。有一日，園生在飯桌上，園生很少上桌，都是送到房間裡，像五星級酒店，修國妹幾乎都見不到她，想舟生住校，獨自度過青春期，做父母的倒缺了一課，園生說，班上有個同學的父母夠上了題庫的關係，得到許多題型，所以步步都能踩到點。修國妹這才知道還有「題庫」這東西。袁燕說：所謂「題型」不過是雞生蛋蛋生雞，有跡可循。園生橫過去一眼：哪裡都少不了你！修國妹喝止道：怎麼說話的！無意看見對面的小妹——對了，這是週末，全家人都到齊。核桃在桌肚裡鑽來鑽去，小妹在笑，張建設低頭往嘴裡划飯，好像沒聽見，小弟呢？眼睛避開小弟，好像怕著什麼。受了搶白的袁燕，沒有回敬，大人不把小人怪的表情，吃完碗裡幾口，離開了。桌上人似乎都鬆一口氣，重新開始說話，她發現，屋頂底下，其實瀰漫著一股敵意，衝著誰來的？她不想知道。

園生報了幾個補習班，有限的課餘時間也填滿了，難得在家，也鎖在房間，像是佛堂裡的閉關——她對核桃說，又趕緊收起，生怕一語成讖，真要做世外人。核桃懂什麼，只知道玩和吃。現在，與她作伴的是疆生，週末和假期，搭小弟或者大工的車過來這邊。本是來找園生的，無奈園生不見客，好在有大伯母同核桃。她們三個挺投緣，再加上小弟，家中老小，都叫「小弟」，他一律都應。這樣組合，也是一家人。前面說過，疆生與核桃更像姊妹，但皮膚不同。疆生和園生都是白皙的，核桃呢，越來越顯黑，不是嚴格意義的黑，而是顏色深。小弟載她們三個，車開得飛快，兩個小的尖叫著。修國妹看疆生，好像看到以前的園生，輕鬆，快樂，而且隨和，感嘆地想，孩子不長大才好。可是，像小弟這樣，永遠是個小弟，也不好吧？心事就又起來。車出了高速匝道，駛在堤上公路，放緩了速度。底下是河道，走著機帆船，遠望過去，小小的。兩個孩子指點說：看，一個小娃娃！可不，水上漂的，也是整整齊齊的人家。她想告訴說，她們的爸媽，爸媽的爸媽，再往上去，大約還有曾祖，高祖，就是在那豆莢般的舟船裡過活，說出來她們未必相信，就不說了。

車離開河岸，在國道省道盤桓，遠兜近繞，就到了老別墅。她時不時過來看一眼，或者自己開車，或就是搭順風車，像今天這樣。即便這樣頻繁地來去，仍然吃驚它的變化。原先的花草山石都挖掉了，留下那一池子水，接了皮管作灌溉用。前院栽幾棵果樹，棗、李、桃、杏，還有一棵無花果，樹底下是菜豆架，分在甬道兩邊。後院砌了雙眼土灶，一具柏油桶改製的炭爐，專作熏臘用，屋簷下掛著的臘腸、風雞、臭桂魚，就是產品，白色馬賽克貼面已成煙黑。牆腳壘了雞窩，外形不出鄉土風氣，功能卻十分現代，遙控的自動門，底部也是自動，升高推出，拾蛋和清掃，再收回，顯然出自小弟的設計。走進樓裡，底層格局未有大動，因老人腿腳不便，住客餐廳邊的保母房，其實只睡覺用，大多時間在屋外活動。廳裡添置一台投影電視，螢幕幾乎占一面牆，鎮日開著，無人看，但不開卻不行。樓上是小弟的天地，一間主臥，並不睡人，布置成機房的樣子，電腦、路由器、掃描打印，一列排開；次臥為音響室，喇叭主機低音炮，航空椅和沙發供聽音坐臥，地上還扔了個睡袋；床呢，安在朝北的客房，床上床下齊整乾淨，竟至於簡素。修國妹下意識轉頭嗅嗅，想要嗅出點什麼，什麼都沒有。

屋頂底下的人各得其所，過得不錯。二老壯年便露出端倪的風濕病，如今絲毫不見蹤影，腰背直起了，臉面光滑。但是，修國妹卻看出一種蒼老，潛在於表面的健碩之下，那是什麼狀態呢？她在心裡問自己。每一回，當她試圖開口，話到嘴邊總是拐個彎，小弟他——說出半句，便被母親接過去，好得很，好得很，就是忙，或者，就是懶，怎麼辦呢？生來享福的命，不像大妹妹你和小妹，說到這裡，話頭又轉了，小妹她也是好命，有人幫襯，你最勞碌！她瞅見母親在看核桃，眼光裡很奇怪地帶著嫌棄，核桃的小手在外婆膝上扶著走過，外婆本能地撣了撣她觸碰的地方。他們不是不知道，是不想知道，面對一個新世界，已經放棄了解。安居的生活其實讓人頹唐，吃水上飯的，多少都有五湖四海的氣勢，現在收斂起來，變得謹慎了。就這樣，修國妹放心又不放心地離開，回去自己的家。

高考將至，全城籠罩著緊張的空氣。考場附近的道路車輛禁行；酒店客房搶訂，為考生住宿和午休；出租車也在搶訂，隨即就有高考經濟出台，住宿餐飲交通一條龍服務。園生變得暴躁動輒發怒，大家知道她找茬，都繞道走避開。核桃雖小，也覺得出氣氛不同平常，彷彿要與這壓抑做抵抗，一早起來，走進走出地大聲唱歌。園生受了吵擾，衝出房間，一溜煙下樓，揪住核桃劈頭蓋腦打去。核桃何嘗受過這個，驚嚇之下，都不知道叫喊。修國妹聽到響動趕來，只見兩人臉色大異，一個赤紅，一個煞白。先在小的背上拍幾掌，吐了幾口飯食，嚎啕出聲。轉身對付大的，人早跑回房間，將門踢上，修國妹搶進一隻腳頂住，硬是推開。園生一頭栽倒床上大哭，修國妹反舒了一口氣，說：你哭出來倒是好的，憋得死人！屈身坐在床沿，聽哭聲從強到弱，有聲到無聲，漸漸變成飲泣。底下的那個被幫傭的女人帶走，家裡只剩母女倆，終於靜下來。又過了些時間，修國妹說：起來。遲疑一會，園生翻身坐起了。兩隻眼睛腫得像桃，因為哭，也因為失眠。洗澡去！修國妹又說。園生下了床，不一會，浴室開始放水，門縫鑽出一縷縷霧氣，做母親的威嚴也一點點回來了。這一天，她們沒有說話，走個對面也當不看見，側身讓過，陌路人一般，但是一張桌上吃飯了。核桃卻是怕了她，再不敢大動，速速吃完，下了座，遠遠站著，用眼睛瞄著這邊。修國妹看她可憐，並不去理睬，人，自小要有個忌憚。園生就缺這個，原先還不敢對她父親放肆，不知什麼時候起的頭，也不放在眼裡了。

吃過晚飯，修國妹說：園生跟我睡！話出口，心裡卻是不安，不知道她來不來，要是不來，自己的面子往哪裡擱？這一日的規矩也白做了，正上下忐忑，園生竟然推進門來。眼淚都冒上來了，自己的兒女啊！她撐持著，一點不露，不能失了身分，還有，萬一哪裡做得不妥，人又退回去，簡直如履薄冰。園生將枕頭扔在床上，她到底沒守住，扯過來，和自己的併攏。園生背對著躺下，她聞到女兒的體味，洗髮液浴皂潤膚露人工複合的層層香氣底下，唯有母親才覺得到的乳嗅。她極想撫摸這身子，卻沒膽子，渾身都是刺，青春期的芒刺。門推開了，探進一個小腦袋，核桃抱著自己的小枕頭，挨到床跟前。修國妹剛要伸手，人已經一骨碌上來，滾進腋窩裡。修國妹摟住核桃，另一手試探著伸到那一個的頸下，沒有遭到反抗，於是往身邊緊一緊。現在，她們母女就又在了一起，跨越青春期，青春期是個什麼東西啊！將骨肉生隙，親人變仇人。核桃打著小呼嚕，這孩子倒是心大，不記仇。她覺得到園生的脈跳，均勻，輕盈，有彈性，騷動的青春也有靜謐的時刻。園生動了動，修國妹屏住呼吸，由她翻身，身子貼住身子。心肝！她又要掉眼淚了。園生閉著眼睛，問出一句話：她是誰？修國妹好像施了定身術，不能自主，停一時，回答道：妹妹。園生不說話了，修國妹又說：小妹妹！園生的反應則是輕輕的鼻鼾，她睡著了。

修國妹睜著眼睛，暗夜中的房間有些變形，床啊，櫥啊，轉角櫃，窗簾和窗簾盒，壁燈，畫的邊框，都有些不像，動靜也是另一種。白晝裡的無聲變得有聲，這裡響一下，那裡響一下，好像有什麼祕密要說出口，到嘴邊又剎住。

清早起來，一切都回到原狀。園生備考進入衝刺，校內課程，校外補習，回家再加時，通宵達旦。她長了黑眼圈，體重急劇增加，滿臉疙瘩痘，脾氣像個火藥桶，隨時爆炸。但是有那一晚的妥協，修國妹心裡有了底，也生出策略，那就是當進即進，當退即退。她想，舟生並沒讓她受過這些磨折，也正如此，她和女兒更親。說起來，父母真是賤骨頭。好容易捱到上考場，煎熬中度過三日，園生把課本、教輔、題冊，裝進一口破缸，拖到院子裡，點上一把火。看神情，像是滿意的，又像徹底放棄。修國妹不敢問她，她倒自己問上來：你就不想知道我考得怎麼樣嗎？修國妹以為是找茬，轉而想：怕你嗎？挑釁道：無所謂！園生說：你就對舟生有所謂。修國妹說：也無所謂！園生說：你像做媽媽的嗎？聽嘲笑的口氣，知道警報解除，正色道：無論你們長成怎麼樣的人，都是我的兒女！園生哧一下鼻子，表示不相信，走開去了。修國妹用火鉗將飛出來的紙片撿回缸裡，灰燼飄起來，彷彿被日頭融化，不見了，天特別藍。好了，她對自己說，好了，一劫度過，接下去還會發生什麼？天知道。可做人不就是這樣，一劫連一劫，漸成正果。

修國妹說要犒勞園生，讓她選一個地方旅遊。小弟幫著在網上搜索，有各種遊學，夏令營，遍及歐美。但想到要去到陌生的地方，結交陌生人，園生就打怵，說要疆生跟她同行。結果是她跟了疆生，去烏魯木齊的外婆家。一月以後，兩人曬得黑黢黢的回來，錄取通知也到了，本市師範歷史系的走讀生。在園生，無論資質，基礎，以及努力程度，都恰如其分，合乎她的天命。不攀上，不伏下，細水長流。園生安靜下來，回到原先的平和馴順。修國妹則多有一重欣喜，那就是女兒不會離開身邊，到她看不見的地方。

這邊山重水複，柳暗花明；那頭，張建設的事業則一路勇進。公司如他期望順長江東去，直抵上海崇明。崇明島南港與瀏河口相望，沿岸一溜灘地，行政區劃屬江蘇省界，許可、註冊、地價地稅，均按江蘇國資轄治，對內陸企業就有多種便利。張建設占得先機，號下一塊地，建了船塢，掛出分公司牌子。於是，往來蘇、滬、皖三地，最忙碌緊張時候，連續幾週不回家。三河的地方，只做小型船隻拆解，機構隨之壓縮，名義上公司本部，實際已剩空殼，但為享有新區優惠政策，繼續保持註冊地身分，真正的中心轉移至蕪湖辦公樓。技術部則向滬地延伸，在崇明另立項目開發部，專業性弱化，餘下零碎的行政庶務。小弟不善長此項，又樂得清閒，推諉給底下人，就是大工。大工算得上企業的老人，但生性老實，從不曾有僭越的念頭，凡事都要請示，找不到張建設就找師娘。修國妹雖然不懂，但喜歡他的篤誠，盡力上通下達，因而多少也知道些三河的前後。同一地的分公司，當門立著水上人家的舊船，只開幕時一見，之後再沒有去過，所以倒是隔膜的。那裡由小妹掌管，張建設任命她執行副總裁，代總裁行使職權，直接向他負責。早出晚歸，正好錯開時辰，核桃差不多把她忘了。難得碰面，兩人像不認識似的。小妹本來最好沒有這人，漸漸地，真騙過自己，以為和她沒瓜葛。後來，修國妹想起，覺得是一個徵兆，預示變局的開端，那就是，親的遠，疏的近。

這一天，袁爸袁媽上門，修國妹不禁道一聲「稀客」！兩家有日子沒走動了。在修國妹這邊，顧慮是袁家住他們的房子，有巡查的誤會。那邊大約也出於同樣的原因，受人恩惠難免瑟縮了。此時，修國妹一邊將客人往裡讓，一邊想著，是為袁燕和小弟的事嗎？她注意到，袁爸形容大不同以往，身穿一件休閒西服，褐色的細格子，底下是牛仔褲旅遊鞋。袁媽的穿著依然樸素，是雅致的樸素。修國妹不認品牌，卻認氣度，兩人比初見面時候，年輕至少十歲。神情的改變尤為顯著，變得軒昂。帶來的禮物一件件擺上茶几，家中老少每人都有，連幫傭的女人都不漏掉，最後，是一串鑰匙。修國妹接在手裡，又熟悉又陌生，見她納悶，袁媽笑道：自己家不認自己門！修國妹這才「哦」一聲，明白了，可是——修國妹困惑地看著對方。

袁爸欠起身，拍拍對面人握了鑰匙的手，修國妹忽生一個念頭：放在過去，他哪裡會做這樣的舉動！大妹妹，袁爸說，過去他也不曾這麼叫過她。大妹妹，謝謝你借我們房子住，住了有十年吧，到了完璧歸趙的時候！我們呢，袁爸繼續說，在安徽的時間倒比在上海的長，異鄉總歸不是故鄉……她發現袁爸原來很會說話。可是——她狐疑地開口，被截住話頭：上海人嘛，還是要回上海！修國妹模糊想起他們是上海人，沒錯，當然，上海到底是大上海！袁爸搖搖手：不，不，大妹妹不要這麼說，現在世道變了，就拿你這套別墅比，上海也是少見的，可是，人是有鄉愁的！修國妹又想起袁爸袁媽是知識青年，知識青年就愛這套說辭，不禁微微一笑。這一笑大概透露出些諷意，袁爸臉色沉了沉，靠回沙發，簡捷道：我們決定退休，張總獎勵一套公寓，給我們做巢。好一會兒她才意識「張總」就是張建設。現在喊什麼人都是「總」啊「總」的，於是又笑了。那是應該的，她說。袁媽說話了：世上多少應該最後變成不應該，我們心裡有數的！這句話說得通情理，修國妹說：我們也有數的，袁爸付出許多辛苦！袁媽說：一家人嘛，也是自己的事業。「一家人」幾個字不知怎麼變得刺耳，修國妹不無尖酸地想，這「一家人」是哪「一家人」！袁家兩位彷彿聽得見她心裡的話，收了口，表情矜持起來。彷彿耳目去掉一層膜，修國妹清醒發現，張建設給袁家在上海買房，就像當時請進他家公寓，事先未透半點口風。當然，沒什麼的，房子算個什麼事？白菜蘿蔔似的。

時間在沉靜中過去，幫傭的女人過來，湊著修國妹耳畔問，客人吃不吃飯？她一驚，原來到飯點了。袁家父母也醒過來，起身告辭。主人只是虛應，並不強留，送到院子外，看二位上車，是一部賓利。隔了車窗，修國妹突然說：燕子和小弟的事情還是辦了好！車裡的人石化般停住了，修國妹又說：雖然新風氣，不講究，手續卻不能少，生孩子，報戶口，讀書上學都需要的。車裡人動起來，一個低頭摸索安全帶的扣，一個抬手調整後視鏡，可是修國妹扶著車窗看著呢！實在捱不過，袁媽支吾道：他們不計畫要孩子吧！修國妹「哦」了一聲。袁爸轉頭笑著：

形式不重要，有事實就行。說罷，拉上車窗，一溜煙地走了。修國妹胸口打鼓似的，「事實」兩個字也是刺耳的。

吃過飯，核桃午覺，幫傭的女人也歇下了，園生還未下學，一個人坐著，滿屋子陽光，明晃晃的。脈跳平緩了，心裡清水似的，看得見底。她起身出門，太陽當頭，小蟲子劃著圈，嗡嗡地響。籬笆牆上的薔薇正開到盛時，就是它招來的蟲子，想著下年要換一樣植種。到車庫開出自己的藍鳥，上到路面，沿甬道向小區門口去。家家院子綠蔭籠罩，鮮花盛開，鳥在枝葉間鳴叫，還有嬰兒的啼哭，更加襯托午後的靜謐。

車在市區盤旋一陣，猶豫著上高架，交互穿梭內外環線，再下來，已是城外。從江岸北向，走一段國道，又上匝口，凌空而越。她一逕向前，四下裡沒有參照物，不知有多麼快，只覺得在天上飛。高速公路是另一種水系，通往四面八方，沒有到不了的地方。超車的喇叭聲從極遠處傳來，其實就在咫尺，可不，一眨眼到了跟前，又一眨眼，看不見了。有一陣子，與相鄰車道的座駕並齊，看那車輪轉成風火圈，擺脫了地心引力。要是看得見自己，也是二郎神一般。這固體的堅硬的河道，攜帶一股霸凌之氣，穿透空間，這虛無形影其實是假像，它有著高密度的物質集群，否則怎麼解釋地球懸掛不墜落？或許可說因為速度，公轉和自轉的慣性所至，那車輪子都離地三尺！下一個問題來了，推動的手在哪裡？你或者回答說，隱匿於肉眼不可見處，世界由多重緯度組成，所以才是高密度嘛！人在維度和維度的縫隙出入，就像子彈在彈道飛行。很可能，世界上所有的生命都寄身於高速，高速公路是一座多維空間的模型，它將不可視變成可視，就像基因在序列編碼中顯形。那些速度愛好者，比如小弟，自己都不知道，他們真正的身分，哲學家！將存在的雜碎過濾乾淨，只剩下本質。

車窗兩邊是青白的天空，起一點皺褶，是雲，移動著的皺褶是飛翔物，拖拽出淺黑的弧線，暗示球狀的地形、大氣層、萬有引力。河道是未經過提煉的原形，高速公路是形而上。前者是感官世界，後者是理性思維。即便如修國妹的具體的人生，在速度裡也體會到一種抽象的快意。她熟練地變道，進出匝口。農田和房屋升起來，又沉下去，天際線忽近到眼前，很快又推遠到目力所及之外，只剩一抹煙灰，迷濛中，彷佛海市蜃樓，依次呈現小小的弧度，是橋，一座，兩座，三座。越來越近，看得見橋洞，橋洞裡汩汩的，好像要擠破似的，她終於明白她要去的地方，車滑向匝道，捲揚機的轟鳴替代了高速路面車輪胎的摩擦聲，車窗頓時蒙上一層顆粒，聽得見沙拉拉的擊打。她看見河流，罩在暮色般的粉塵中。車沿河灘緩緩行駛，前後窗變成鉛色，視力反而尖銳了。她看見巨大的吊件在上方移動；焊割的火焰發出白熾的電光，被揚塵洇染成團狀；鋼纜在機器上打捲，一盤盤的；船板從車頂橫過去，構件的格斗裡積存了河泥和藻類——她並不後退，反而向裡開去。地面凹凸不平，車身顛簸，彈起來，再落下來。有人向她喊話，沒有聲音。有人揮著安全帽，神情急切。還有人試圖攔截，隨即閃開。她懷著一種奇怪的心情，似乎負氣，自虐，小孩子的淘氣，往作業區深處趨進。吊車笨拙地掉頭，顯然是要避讓她，可比不上她靈活，又有盲區，嫌些撞上。車身重重地跳一下，幾乎傾翻，她硬是頂過去，在交疊的割件上走，最後，停在一架側舷的縱骨底下，再開不動了。車窗急叩著，一張變形的臉緊貼玻璃，她認不出是誰，從張合的嘴形看出，叫的是「師娘」。車門拉開，伸進腦袋，果然是這個人，大工。

不由分說，大工解開修國妹的安全帶，扶她出來。她掙了一下沒掙脫，驚訝大工的力氣和倔強，本以為他是溫順的。大工強使她離開駕駛座，推進後座，自己坐上去，從鋼架裡倒出來，掉頭轉彎，摸索著輪下的路徑。一張張粗糲的污髒的臉從兩邊車窗退去，她想對他們笑，卻流出眼淚。她看見後視鏡裡大工的眼睛，專注地看著前方，知道他也看見自己。她並不遮掩，盡情地哭。作業區越退越遠，終至看不見。不知道什麼時候，車上了高速，天青日白。

八

這天晚上，張建設回家了，在玄關換鞋。門外簷下的燈從背後照過來，身形動作讓人想起他年輕的樣子。修國妹想，男人到底不見老啊！進到廳裡，大光明底下，臉面清瘦了，也顯出後生。當地站一會，有些侷促地舉步向裡走去，經過修國妹身邊，手在她肩上按一按，迅速收回，說：洗澡！等這邊回頭看，人已經上樓，不見了。這個澡洗了很長時間，浴室裡傳出響亮的水聲，吸進鼻腔噴出來，在喉頭深處激盪，再噴出來。動靜很大，不免有些誇張，尤其在修國妹耳朵裡，就是做作的。最後，以尿液在馬桶陶瓷壁的衝擊結束。張建設裹著毛巾浴衣出來，一團濕熱剎那間湧進臥室，朦朧中，修國妹低頭坐在床沿。他繞到裡側，怕驚著她似的，輕了手腳上床。那邊的人站起身，他脫口問道：你去哪裡？洗澡！修國妹回答。他「哦」一聲，揮手道：去吧！有事嗎？她問。有什麼事？什麼事沒有！他說，滑到被子底下。修國妹進了浴室，地磚上一汪汪水，馬桶裡積了半腰淡黃液體，她嗅了嗅，然後按下扳手。四下裡充斥了健碩的男人體味：尿騷、汗臭、腳氣、口氣，摻合了肥皂、洗髮液、沐浴露的人工香精。是久違的緣故，還是添加新成分，熟悉裡的陌生。她刷了馬桶，拖乾地磚，擦拭一遍浴缸、鏡子、台盆、淋浴房的玻璃門，用過的毛巾扔進洗衣籃，換上乾淨的，甚至清潔了壁上的瓷磚，下水口的毛髮。浴室裡的霧氣收斂了，看見鏡子裡的自己，這是誰啊？等她洗漱完畢，推開門，以為床上人已經入睡，不料那人一骨碌鑽出被子，半坐起來，倒嚇一跳。

吵著你了！她說。哪裡？他笑一下，帶點討好的意思：累急了，反而睡不著。看她還站著，拍拍旁邊的枕頭，示意上床來，她竟窘起來。走近床跟前，推開被子，坐上去，靠了枕頭，也半坐著。兩人都小心地，不碰到對方，那熟極而生的身體，親到骨頭縫裡，才會如此疏遠，疏遠到來世，三生石上邂逅。他開口了：忘記和你說，我在上海買一套公寓，給袁家父母，算作退休金吧！應該的！她說。要是喜歡，也給你買一套！他說。她回答：一家人，分什麼你的我的！他聽出話裡有話，解釋說：我的意思，我們也買一套。她笑起來，他驚詫地轉過臉，不知道笑什麼。修國妹止了笑：我們買房子，好像買白菜，你一棵，我一棵，個人都一棵！他說：置業嘛，不動產最能保值。修國妹心想，他還是他，腦子轉得快，一下子把話引開了。聽他繼續往下說：通貨膨脹是經濟發展的動能，不發展不膨脹，不膨脹不發展，發展的紅利就用來填補通脹的缺口，所以，發展就是和通脹賽跑，看誰跑過誰！修國妹說：不發展的人，沒有紅利吃，卻要讓通脹縮水財產，不是盡吃虧了？張建設又看她一眼，想她真是沒變，聰明，一眼就看得到癥結。所以我們是幸運的人，得歷史先機，跑在經濟運行的軌跡上！他說。深更半夜，兩口子在床上談經濟學，其實有點滑稽，可是總要有點說頭，說什麼不可以！

說話讓他們消除緊張，隔閡打通，彷彿回到過去的日子。那時候，他們無話不談。張建設坐直了，說：崇明那地方，就好像去過似的，地土風水人情，都很相近，不看大的，只看小處，有一種草頭餅，你知道是什麼？苜蓿，他們叫紅花草，用來肥田的，搗成漿，和進麥麵，揉緊了，拍扁，上籠隔水蒸，吃過嗎？都吃過，叫名不同，籽籽松，荒年裡的口糧！草木同種同族，地方呢，他們的「堡」，南堡，北堡，固堡，我們叫「鋪」，頭鋪，三鋪，十里鋪，漢字卻是一個，「堡」！我們省有「三河」，他們有「三江」，這樣就明白了，因為水的緣故，我們這些人，就認水！東南西北，江河湖海，水流到處，就是我們的家！

修國妹抱膝坐直了，聽他說得豪邁，也有些激動，插言道：這就應了山不轉水轉的古訓！張建設靠回枕上：水是船上人的前緣。你很會說話！修國妹誇獎，卻透出諷意，實不是存心，有些懊惱，想自己為什麼總是言不由衷，讓彼此掃興。方才掀起的熱情平息了，氣氛復又冷淡下來。伸手關了床頭燈，說了聲：睡覺！不料也是譏誚的，譏誚「睡覺」兩個字裡的祕辛。他們早已經沒了房事，卻還擠在一張床上。修國妹重又開燈，起身下床，說：我換個房睡。張建設說：何必。她說：這樣的年紀，應該分房了。她整了整睡亂的地方，抱起枕頭，走去門口，聽身後面的人說：無論分不分房，這世上只有你我做夫妻。修國妹站住腳，拉開的門合上，就好像聽另一個自己說話：上海的房子我不要了！她奇怪怎麼把話又扯回買房不買房，可是，話頭不就是從房子上扯出來的嗎？床上人不作聲，她又聽見自己的聲音：戲文裡唱，黃金萬兩，抵不上真心一個！床上人說話了，彷彿隔了一條河，從對岸傳過來：舟生，園生的份額，一分不會少。核桃呢？她在河這岸說。視如己出！對面人說。話又扯遠了，卻又是在最最芯子裡。修國妹「哦」了一聲，接著問出一句：袁燕呢？這個問題其實有些促狹，可一張口，自己蹦了出來。夜色真是可以遮醜，多少不堪的人和事，都浮上水面。那人回答：一家人何分你我他！修國妹說：也是，小弟的媳婦嘛！張建設想起結婚前，在縣城百貨大樓和女店員對嘴，唇槍舌劍，不減當年啊！愣神的工夫，修國妹早推門走出去。

天亮起床，張建設已經走了。彷彿有意讓修國妹清淨，一段日子裡，小弟不來，小妹不來，袁爸袁媽遷走，她搬進公寓，單立門戶，袁燕也不來。再過一段，似乎覺得修國妹養息好了，小弟來了，小妹來了，袁燕重新走動起來，甚至，張建設回家也比之前頻繁，隔三差五的，出現在玄關，彎腰換鞋，手指頭勾著的小黑皮包，一晃一晃進來了。年節時候，爹媽上來，偶爾地，袁爸袁媽也到場，熱騰騰吃一餐飯，再各自上路。汽車在院子外面打火發動，錯開讓過，互相道「再見」。喧譁平息，靜謐像夜霧般漫起。修國妹立在門廊的罩子燈下，一邊是園生，一邊核桃。園生長成清秀的少女，核桃則應了跟誰像誰的說法，胎裡帶來的種氣化去了，剩下一點遺韻，正夠長成個漂亮的小孩。正是黏人的時候，須臾不離，膩著修國妹，倒讓她喜歡，按鄉下習俗，是做祖母的年紀了。

塵埃落定，生活回到或者說重啟常態。園生中科，大學的課業總是舒緩的，成績並非硬指標，隨競爭壓力解除，園生回到原先散淡的性子，人際關係中頗受歡迎，又增添自信。看她恬靜的樣子，想不到曾經發生過驚濤駭浪的一幕，即便發生過，也安全著陸了。接下來，核桃臨到就學，已經在本校區註冊報名，新書包也買來了，小妹忽然來家，要讓核桃進上海國際學校。修國妹看著小妹，不曉得又是哪一齣，「國際」兩個字，卻引起她的注意，有一些隱匿的懷疑湧上心來。為什麼？她問。她以後總是要出去的，舟生不也出去了嗎？小妹回答，挑釁地望著大姊。大姊說：費用很高，從現在起算，都夠打個金人！錢不是問題，張建設缺錢嗎？小妹笑道。修國妹覺出明顯的敵意，屋裡沒有別人，只她們姊妹，小妹恨她！這麼小的人寄宿不成？她連鞋帶都不會繫。此言即出，不由自問，何其然，她們家的孩子都要人幫繫鞋帶了。小妹說：當然不會寄宿，我們搬去上海住，張建設給我買房了。修國妹忽然發現，小妹不稱「姊夫」，直呼「張建設」。當然，對他們從來「大妹妹」、「小弟」地亂叫，誰也不曾計較，張建設到底是外親！修國妹心思全在稱謂上，似乎沒有聽見買房的消息。小妹見她神情恍惚，終是顧慮的，收斂了氣勢，放低聲說：我帶核桃在上海，週末來看你。修國妹糊塗中有一絲清醒：你要認核桃了，很好，很好！小妹彷彿軟弱下來，說：我虛齡四十，不指望婚姻成家，就母子一起過吧！這話說得有些悽楚，修國妹看了她，挑染的頭髮剪成短式，頸後倒削上去，妝容精緻，米白西裝下細格子七分褲，赤足穿一雙鏤空平底鞋，隱隱透出腳趾甲油貝殼般的光澤。她還沒去上海，已經是個上海人了。小妹接著說：上海那地方，單身媽媽有的是，誰都不稀奇，還很光榮！表情又昂然起來。那是！修國妹說。她那張臉，小妹指指核桃的房間，人在裡面午睡呢——她那張臉，藏也藏不住，上海人也認混血！這是她們之間，第一次說出這個詞。修國妹卻沒注意，只連聲應道，是的是的！思路滯後在上一個話題，就是買房的事情。前回買給袁家父母，這回買給小妹，果真是白菜蘿蔔！她笑著說：你姊夫也問我要不要在上海買房，我說不要。小妹被打斷話頭，一時反應不過來。修國妹接著說：我又不是上海人，去那裡做什麼，你說呢？小妹忽然發怒了：為什麼不要？置產呀，投資呀，房子比貨幣保值！修國妹笑道：你和你姊夫說的一樣話，誰跟誰學的呀？小妹說：天下人誰不知道，常識嘛，有什麼學不學？修國妹說：我也有常識，聽說過嗎？家有千千屋，日臥三尺。小妹點頭：你的常識很好，我們比不上你。修國妹追一句：你說的「我們」是誰和誰？小妹語塞，即刻回一句：所有人和所有人！姊妹倆你看我，我看你，靜了一會兒，小妹臉上露出狡黠的笑容：大姊——修國妹想，叫她「大姊」呢，凡叫「大姊」的時候，都沒好事情。大姊，我和你說，張建設是個人物，你不看緊，我就拿下了，肥水不流外人田！小妹向來這樣說話，不倫不類，不能當真，也不能全當假。所以大姊也笑著：你試試看！小妹伸出手指點著：你說的，我就不客氣了！大姊說：出水才看兩腳泥，我倒要看看你的本事！姊妹倆逗著嘴，嬉哈裡過招，你來我往，最後，修國妹正色道：有句話，你信也好不信也好，無論走到哪裡，世上只有我和他做夫妻！小妹有點變色，強笑著：肯定？修國妹也變了顏色：板上釘釘！小妹要出言，被大姊擋住：我再告訴你，唯有我和他做夫妻，才會有你，有小弟，有爹媽，有眾人；我和他這個扣解開，就都散了！話說到這裡，就沒前路了，各幹各的去。

生活繼續，不經意時，修國妹會想：日子怎麼過成這樣？不容她細究，就有事端來打岔。鄉下規畫社會主義新農村，要將宅基地收徵，再按份額下劃各戶，分配新建小區的所得面積。書記大伯專為這事上門，張建設在上海崇明島，趕不回來，電話裡說了話，又囑咐修國妹，不論大小鉅細，全權由書記大伯定奪，再一條就不必交代了，好好招待。大伯倒不見老，頭髮推成板寸，襯衫外面套了卡其布馬甲，腳上旅遊鞋，很顯時尚。只是酒量不如先前，菸也差不多戒斷，喜歡談保健的知識，顯然上過很多課程，說到興奮處，便流露昔日領導的氣派，讓人想起過去的書記伯，同時呢，也意識那時光一去不返了。繼任的村書記是大伯的本家姪孫，還是在族系內的傳遞，但大伯依然有多項不滿，往前溯，涉及分支間的宿怨，當下看，則廣泛到政策面，也見出書記伯多少是失意的。就說「社會主義新農村」，書記伯稱作「排屋」——樓上樓下，電燈電話，固然好，大躍進時候，大妹妹你還在娘肚子裡，就奔著去的，但是，大躍進後來不是收勢了嗎？大食堂緊接著餓肚子！豬呀羊呀，都是長腿的生靈，怎麼約束它？雞鴨下的蛋，白花花一河灘，穀囤、石磨、糧種、菜籽，也是一大攤，這才是農民的日子，現在都要重新投胎了。

修國妹說，住進樓，人就不必過去那樣勞苦了。大伯搖頭不語，顯得傷感。修國妹想為大伯解難，主動表態，他們的宅基地本是從村裡來，自然回村裡去，不能占村民的利益……書記伯攔下她：大妹妹別罵我倚老賣老，聽一句老人言——當年根據土地流轉條例，辦過手續，合法合規，該是誰就是誰，如今要還回去，真不好歸納。修國妹說：我依大伯的。書記伯說：你家這處院子，占地不大，如果置換一室戶，不需交補一分錢，補兩萬元，可得兩室戶，再加四萬，就是三室戶，我們農民就這麼點所產做保障，錢這東西，就是張紙，二十年前，十元錢可買上好的一擔米，如今，兩餐飯都不足，房子卻是不動產！修國妹又聽見「不動產」這個詞，張建設說，小妹說，現在書記伯也說，看來都在進步，就她是個落後人。可不是，所以，我勸大妹妹，還是捨錢得房。修國妹已經明白書記伯的意思，商量著說：大伯的話很在理，放棄實在可惜，索性要個三室戶，還是託給大伯，事實上，這些年都是您照應著，才沒有荒廢！書記伯說：我回家和你大娘議議。修國妹說：我找大娘去，我的意思是，索性過戶給大伯家，打理看管也方便，什麼時候要用，再還我！書記伯說：你我之間好說，世人眼裡就難了，當以權謀利，占用宅基地，宅基地可不是玩的，有幾個小子，為了它，竟然要把城市戶口轉回農業呢！修國妹說：從源頭起，我家院子，還是得了大伯的優惠，就算徹底給您，也是物歸原主，再說了，大伯您現在卸甲歸民，也是一介百姓，有什麼以權謀利的嫌疑！看書記伯的神情還是有些猶疑，又補道：張建設就這麼說的，不相信，你們通個話！當下拿起手機，按一串鍵，交到書記伯手裡。兩人在電話裡說了一陣，只見書記伯眼圈漸漸紅起來，闔上機，喝了一滿杯，什麼話沒有，欠起身要走。修國妹哪能讓他自己回去，一定要送他。最後那杯喝得急了，有些上頭，搖晃著又坐回去。扶了修國妹的胳膊站定，慢慢出了院子，坐進車便盹著了，要不是箍了安全帶，前額就要點到膝蓋，這才顯出老態。修國妹想，書記伯這樣的年紀，至多買些保健品，付點學費，其他有什麼開銷？還不都為了兒孫！那李愛社在張建設這裡占個虛位，曉得是個無底洞，就不敢太縱容，生怕積重難返，拉下饑荒，等於按著他不讓作亂，家裡人也不能指望太多。據說他媳婦開了個棋牌室，擺十八桌麻將，其中一桌是他專用。另還有兩個閨女，嫁的都不怎麼樣，只夠顧自己的。書記伯倘若向張建設開口，定不會遭拒，就是摸不開面子，這一會上門，不知道下多少決心。車到地方，將人扶出來，送到門外，書記伯都沒有虛邀一下，背了身揮揮手，進去了。修國妹掉過車頭，過老院子家後，聽見裡面嘩嘩的洗牌聲。再過一個院牆，也是洗牌，一直響到巷口。拐彎向裡，看見河岸，耳邊的骨牌聲方才清淨。水位低了，堤岸就高起來。播種的季節，對面的田地卻沒有開犁，芒草長得很高，白濛濛的。開出一二里路，沒遇著個人，麻將聲則又續上了。她覺得氣悶，降下車窗，忽嗅到一股氣味，來自極遙遠的地方，空中傳來，又彷彿記憶深處泛起，終於辨認出是酒糟的發酵。那是她的老家，離此地僅十來里路，卻分屬兩個縣境。像她這樣的「貓子」，漂流水上，別以為就沒有故土觀念。他們也是有原鄉的，只不過轉化成另一種感官的接觸，比如嗅覺。那刺鼻的醋酸，就是！日頭底下，烘熱的，酒渣裡的曲子蒸發出來，醺醺然的，整座城都醉了。載得滿滿一船，破開水面，走到哪都是它，於是，一條河也醉了。卸去多日之後，艙底刷得發白，睡裡夢裡還是它。此時此刻，她的車正循它而去。

頭頂的高壓線縱橫交錯，輪下是水泥沙石的道路，坡岸鋪了瀝青，所有的弧度都取直，變得堅硬和銳利。這是一個新世界，只有氣味還是老樣子，下午三時左右的陽光裡，格外旺盛蓬勃，彷彿有形，空氣裡顫抖的光，書面語叫做「氤氳」，就是它！路有些不平，車輪輕柔地彈跳，得得得的。正走在兩縣的過界，常是三不管地段，修得馬虎，甚至有幾處斷頭，只得下到村道。庄子空了，房屋的梁架和椽條抽走，門板、窗框、磚瓦也拉走，鄉下人就是這樣，惜物。房屋都敞開著，只留個空場。單從空場，也能看出過日子的用心，灶台上的描花；地坪上的水磨石；壁上的瓷磚；窗洞挖成扇形、拱形、六角。山牆和山牆的夾道，只能一個人側著身過，彷彿看見打地基時候的爭奪，寸土不讓。井圈周圍的青苔枯死了，一片黑，就知道多久沒人打水。樹遷走了，剩餘幾棵病老的殘椿，疤眼裡卻發出新枝，綠汪汪的一叢，有什麼用呢？說時遲那時快，推土機轟隆隆開來了。駛出村落的廢墟，上去公路，酒糟的發酵味又來了。方才阻在庄子外頭，滲不進來，原來，那庄子還有牆呢！她想起小時候，聽老大們講古，為防備流寇襲擊，凡人集聚的地方都築牆築碉樓，鐵桶似的箍起來，書上寫作「固若金湯」，青壯年輪流守夜望風，稍有動靜便燒柴起煙，叫做「烽火台」。在這危險的故事裡，小孩子睡著了。

車走在圩上，圩頂的路又寬又平，倘不是那一具閘門，她都認不出來了。這裡也有故事，新故事。她出生的那年，洪水氾濫，為保蚌埠，開閘放水，淹了半個縣境，所以就叫分洪閘。前方高樓聳立，和上海有什麼兩樣？她下了高架，開進市區，順著柏油路直走，很快亂了方向。想看日頭，日頭擋住了，光從樓縫裡透出來。圍著樓群繞圈，來到一個圓場，中間是花壇，足有兩層樓高，周邊輻射出無數縱路。她放緩車速，沿著環形線走，過一個路口，又過一個路口，不曉得開過幾個路口，她已經轉暈了，忽然之間，路的盡頭，呈現白亮亮的一條，是河！方向回來了，車卻已經過去。繞一圈再來到這裡，拐進去。昔日的地形從覆蓋物底下升起來，升起來。裝了酒糟的拖車咯噔咯噔走在卵石的街路；鐵匠鋪叮叮噹噹，大錘跟著小錘，擊在砧板，爐火熊熊，火星子四濺；相鄰的雜貨攤叫賣「拴豬拴羊的鏈子」；火燒店吆喝的是「天上龍肉地下驢肉」；小男孩的赤腳板劈啪響，搶車上的酒糟，煤塊，菸草，豆餅，飴糖……都是送往碼頭裝船的運貨，然後是大人的驅趕，鞋底可是比腳板響亮，犀利，而且粗暴。喧譁聲起，酒糟味倒散開了，藏到某個祕密洞穴，不見蹤跡。

處理好鄉下的院子，接下來是蕪湖那套公寓。小妹搬去上海，並沒有帶走核桃。其實也是一時興起，追逐「單身媽媽」的時尚，事實上，她簡直怕核桃。核桃更怕她，怕被帶走，小妹來到，核桃就躲。就讀的事情還是按原計畫，在家門口的小學。早晨起來，她伏桌吃飯，修國妹坐在身後替她紮小辮。頭髮硬而且厚，梳子犁地似的扒，拉得腦袋向後仰，眼梢吊到額角。然後，牽著手送去學校，下午時候再牽回來。有一次接人時候，修國妹被老師請到辦公室談話，因為核桃和班上男生打架，把對方的牙磕掉了。因是乳牙，自己會長出新的，所以懲罰性地賠償一點，重點在於文明教育，難道是野蠻人嗎？修國妹向老師做了檢討，心中卻有幾分竊喜，不怕核桃被欺負了。路上問事發緣由，原來那男生帶頭喊她「小外國人」。修國妹說：這也算不上罵名！核桃說：你不是不讓人叫我這個？修國妹低頭看她，她也正看她，小心眼裡什麼都知道呢！倘要是個笨人還好些，偏巧聰明剔透，俗話說的，頭頂心敲，腳底板響，受的磨礪就多了。

近些日子，修國妹變得容易傷感，從老家故城走一趟是這樣，想到核桃的未來是這樣，去舊公寓收拾善後又如此——公寓裡空空蕩蕩，看不出有生活過的痕跡，熱騰騰的煙火氣竟不留一點餘燼，說過去就過去。這年暑假，園生和疆生結伴去美國遊學，是舟生替她們在網上報名。兩個女孩走後的日子，她在惶遽中度過，以為再也見不到，就像舟生。舟生兩年沒有蹤影，他爸爸，袁燕，還有小妹，走馬燈般往那裡去，張建設也叫她去的，她負氣說：不去！她變得愛生氣了。園生兩個回來，沒有緩解心情，反是難過，竟然掉了眼淚。園生跺腳道：你看你，你看你！她強笑道：我以為你不回來了！園生說：哪個要在美國！疆生也說：哪個要在美國！核桃學舌：哪個要在美國！

生活繼續往下過，核桃升二年級，園生畢業，本校的附中做老師，有了追求她的人。男孩子白淨臉，瘦高個兒，有些像她小舅，還讓她想起，做姑娘的時候，船在叫管鎮的地方停靠，柳樹林裡的少年。多麼久遠的情景，卻彷彿眼前，如今也是個中年人了。小弟早已脫了年輕時節的形骸，甚至比修國妹還顯年紀。三河的作業收尾了。當地環保部門早發出警告，經幹旋收回，再警告，再收回，屢次三番，終因河道淤塞，進不來大船而告結束。在地的公司總部關閉，遷移蕪湖，與分公司合併。說是合併，其實是收歸，上屬變下屬。辦公樓被浙江老闆租下，改成洗浴城，也能看出，三河一帶已經聚集起商業消費群落。小弟還住在老別墅裡，驅車蕪湖上班，順道就到大姊這裡。小妹去了上海，週末也來。張建設兩頭跑。袁燕從外企辭職，自己註冊一家諮詢公司，業務涉及風投，小妹告訴修國妹，實是掛在舟生公司底下。修國妹不聽她的，兀自走開去，小妹追著身後喊：你要把你的份額劃出來！她回頭說：將來都是舟生的！舟生自己呢，要，還是不要？似乎是冷淡的。他不回家，似乎在躲，躲什麼呢？他們母子真是隔心了。不只他們母子，她還和所有人都隔著。這家裡每個人都比她知道的多，只不和她說，她也不問，知道多有什麼益處呢？

即便有些情節在眼前上演，她也抱定不知道。不知道是說好還是沒說好，這些人常常從四面八方匯集這裡。修國妹說不上歡迎還是不歡迎，有利有弊吧。不來終有些冷清，來呢，熱鬧是熱鬧，可卻是危險的，隨時可能發生不測。你一言我一語，話來話去，漸漸露出機鋒，彷彿是隱語和謎語，飛鏢似的，從四面八方投射，在空中交互穿行。先是全方位作戰，小妹、小弟、袁燕、園生、張建設——

張建設總是最早退出，小弟其次，園生第三，她半懂不懂，攪一陣渾水不得要領，就覺得無趣，剩下小妹和袁燕。兩個人相對而坐，碰杯送盞，談笑風生。偶爾幾句入耳，說的是情，又有幾句入耳，就是向生死，這就玄了，前生今世，孽緣、怨偶、恨愛，參禪似的。忽然怒起，杯盤都在桌面跳一跳，砰砰響，然後一個離開，另一個也離開。也不告辭，彷彿屋裡的人都不是人。門外相繼響起車的引擎聲，開走了。又有時候，可以坐到入夜，只聽得開瓶的聲音，軟木塞子彈飛似的，酒汩汩流進玻璃杯。兩個醉醺醺的人，路都走不了直線，總是張建設做代駕。車燈掃過窗戶，將房間照得透亮，再收起，寂滅在黑暗裡。

年節的家宴，規模就大了。修家二老，袁燕的父母，張建設兄弟一家，最近一次，就添上園生小男友的父母，與張躍進的妻子同行，都是做老師，在中學和幼稚園。職業的緣故吧，顯得後生，彷彿下一輩的人。長的一桌，幼的一桌，修國妹和張建設招待主桌底下的就是小鬼當家。就缺舟生一人，修國妹解釋說，美國人不過中國年，所以沒假期。心裡明白，即便有假期，他也不回來。鋪張兩大桌面，其樂融融，都說老的福氣好，小的爭氣，追根溯源，歸結長女婿有為，所以家業兩興。回應眾人稱頌，張建設道，自小失怙，和弟弟孤苦相依，所以這一生最重視親緣，就像樹，枝葉茂盛，根才扎得深，根深才能葉茂，現在，又要發新綠——他向園生和小男友點點頭：頂有成就感了！一番話出口，人人感慨，紛紛舉杯，尤其小男友的爸媽，自己還是個孩子，現在要做上輩子人了，羞紅了臉，接受左一個右一個敬酒。修國妹往底下一桌看，袁燕低頭不語，小妹面露微笑，她都想打她。還好，隨座上舉杯，呵呵叫起好。修國妹鬆下一口氣，她其實是害怕的，怕什麼？不知道，卻知道張建設不會讓她害怕的事情發生。無論多麼複雜的形勢，都在他的控制中。就是因為這個，她把自己的命交給他。辭舊迎新的時刻，安然度過。許多繞不開的關隘，也都一一過去。生活已經上軌道，單憑慣性就足夠排除阻力，一往無前。

有這一餐年飯墊底，修國妹變得淡定了。她原本是個鎮定自若的人，曾有一度慌神，世事磨練，又恢復常態，以不變應萬變。真是活到老學到老啊！園生的婚事提上議事日程，也占據她的時間和注意。自家那套公寓，修國妹曾閃念做園生的婚房，掛在仲介，這時竟有了下家。不禁有釋然的心情，她有點忌諱它呢！小男友家有一處小兩居，舊是舊一點，可足夠小倆口自己住，等有孩子了再換新的不遲。修國妹極力主張他們獨立門戶，一可以治治園生的懶筋，二也是，她對自己都不敢說的，園生還是離開這個家好。才露小荷尖尖角的人生，嬌嫩清新，需小心保護。她越來越喜歡園生的小男友，似乎是將對小弟和舟生的感情寄予他。這個小左撇子，和園生並排坐著吃飯，右手牽左手。他學的物理，子承父業，在中學教書，加上園生，一家都是老師，也叫修國妹喜歡。她讀書少，特別崇敬學問，聽兩個孩子討論唯物主義唯心主義，高深不可測，忍不住插嘴問這問那。園生嫌她煩，那孩子則耐心地解釋，告訴她兩者都是對世界的認識，區別在於，一種是物質性，另一種是精神性。問什麼是物質，什麼是精神？男孩再解釋，物質看得見摸得著，精神則相反，無形無影。這麼說，修國妹有些懂了，「哦」一聲走開，生怕自己忒不識相，打擾了二人世界。背過身細想，覺得十分有趣，如要替世間物分類，她當屬於唯物主義，因所做的一切，都是以實際為目的：父母，弟妹，兒女，還有丈夫，衣食住行。但也不盡然，為什麼是這些人，而不是其他，街上過的陌路，這就要涉及感情。感情這東西看不見摸不著，可是心連心，心不也是無形無影？問題還是那個，為什麼對這些人而不是別的人有心？修國妹思忖良久，得出一個字：命！就是命啊！命又是什麼，緣分。前世裡的恩怨，這可不更無痕跡了！她難道是唯心主義了嗎？看窗下陽光裡一對小兒女，不知道哪一根藤上結出的瓜豆，然後，再結瓜結豆，無形的變成有形，無情變成有情，這世界還是物質的！腦子亂了，卻是愉悅的亂，而且輕盈。天地擴得很大，人在其中，都能飛上天。彷彿花木的揚架，不知道在哪裡著床，就有了因緣。

年輕人的愛情簡單明瞭，水到渠成，關係確定即談婚論嫁。時代也變了，脫跳出俗套，走的新路數。先在民政局登記，然後拍婚紗照，再辦喜宴。鮮花達成拱門，父親挽著女兒走出，交到新郎手裡，修國妹想幸好不是她送園生，否則不知道哭成什麼樣子，敗大家的興致。隨即想起小弟，就缺這一節，於是斷了後續。所以，老人言必稱周禮，這禮數實是不能錯，就像莊稼必須在季上，否則便沒有收成。

園生出嫁，三天後回門，之後就極少見到了。做母親的罵她沒良心，但也高興小倆口和美。家裡的情形還是原樣，時而只有核桃與她作伴，時而外面住的人陸續到來。有一回，小妹帶了一位先生，說是朋友。那朋友長得人高馬大，樣貌堂堂，神情舉止卻不甚相稱的有些瑟縮。小妹安頓他落座，手裡捧一杯茶，就再沒有動彈。看起來是怕小妹，周遭環境也讓他生畏。修國妹見他拘束，要去照應，被小妹喊住：別管他！是自己人的口吻，「朋友」更不知所措，幾近惶恐。飯菜上桌，先不敢動筷，然後便只埋頭，周圍的人和事全不關心。修國妹納悶「朋友」的來路，和小妹什麼關係，上門有什麼事嗎？她放棄了追究。現在，家裡有一種狡黠的氣氛，表面平靜，底下暗潮湧動，隨時可能興風作浪。因為園生不在的緣故嗎？年輕人令人生畏，是出於對純潔青春的忌憚。現在，大家說笑的聲音放大了，措辭變得露骨，修國妹想，幸虧，幸虧園生出嫁了！上海朋友漸漸吃足了，放下筷子，抬頭看周圍，表情茫然，似乎不知道如何來到這個地方，水晶宮似的。驚詫的眼睛，很像袁爸袁媽第一次造訪。當然，現在不同了，修國妹相信，他們的家也是水晶宮。飽食讓他鬆弛，臉相和手腳變得有些粗笨，身上西服的化纖面料，口音中的村俚，修國妹已經能夠分辨滬語中地區的差異，大約是崇明島上出身，三十上下的年齡，沒經過世事，看不懂晶瑩剔透的廳堂裡，正發生著的事端。這些體面人卻有一股隱晦的粗鄙，和他們鄉下人相反，鄉下人的粗話裡，其實是天真，甚至稚氣。「朋友」坐不住了，在椅上動著身子，要起來又不敢。小妹的手按在他肩膀，時不時拍一下，一下比一下重，彷彿敲打他，又彷彿敲打的不是他，而是另一個，在她眼睛朝向的地方，什麼地方？他不敢看。這些人本來是面熟的，職場上一言九鼎，現在脫去軀殼，裸出肉身。說話隨便，激烈之處像是有仇，陡然間又成莫逆，親得不得了，隨即翻臉，罵將起來，緊接哈哈大笑，一個向另一個扔去盤子，那一個接過來扔給第三人，他也被扔到了，手快地接住。這一接，修國妹看出了機靈勁，並不像表面的顢頇。這陣勢把核桃嚇住了，鑽進修國妹懷裡，但很快就樂起來，因為人們都在笑。連大大，她稱張建設「大大」，大大也參加了這場扔盤子遊戲。張建設就像個雜耍演員，正手接，反手接，轉個身接，抬起腳從胯下接。她本來是懼他的，可現在一點都不了。大大變得可親，而且滑稽。核桃尖聲叫著，拍手鼓掌。修國妹握住兩隻小手，往懷裡緊了緊。她的毛茸茸硬紮紮的腦袋，頂著自己的下頦，心想，明天要去理髮店，給她做個負離子燙，把捲髮拉直了。

修國妹相信凡事都會有個結局，但沒有想到是這樣的結局。意外發生在崇明作業場，張建設檢察工地，上一部廢鋼船，兩個氣割工正在分解艙口圍板中塊，長四點二米，寬一點二米，高零點八六米，重兩噸。張建設一時技癢，推開其中一名工人，扶著割炬一端操作起來。年輕的日子又回來了，兩手空空，但又什麼都在一雙手上，有的是力氣和膽氣。那割炬趁手得很，四點二米的割縫裡一氣走到三米，鑽出吊孔，還不歇手，繼續切割餘下的一點二米。此時，幾米之外地方，一架三噸克靈吊車吊運塊件，碰撞到另一件中塊，都是一二噸的重量，引起地面震動，張建設的割炬正走到頭，看見一片烏雲壓頂而來，卻動彈不得，納悶想，發生了什麼？即遮蔽在黑暗之中。

二〇二二年四月二十四日　上海

國家圖書館出版品預行編目資料

五湖四海/王安憶著. -- 初版. -- 臺北市 : 麥田出版 : 英屬蓋曼群島商家庭傳媒股份有限公司城邦分公司發行, 2023.11
面； 公分. --（王安憶經典作品集 ; 17）

ISBN 978-626-310-570-6（平裝）

857.7 112017376

王安憶經典作品集 17

五湖四海

作　　者　王安憶
責任編輯　張桓瑋

版　　權　吳玲緯
行　　銷　闕志勳　吳宇軒　余一霞
業　　務　李再星　陳美燕　李振東
副總編輯　林秀梅
編輯總監　劉麗真
發 行 人　涂玉雲
出　　版　麥田出版
104台北市民生東路二段141號5樓
電話：(886)2-2500-7696 傳真：(886)2-2500-1967
發　　行　英屬蓋曼群島商家庭傳媒股份有限公司城邦分公司
104台北市民生東路二段141號11樓
書虫客服服務專線：(886)2-2500-7718、2500-7719
24小時傳真服務：(886)2-2500-1990、2500-1991
服務時間：週一至週五09:30-12:00・13:30-17:00
郵撥帳號：19863813　戶名：書虫股份有限公司
讀者服務信箱E-mail：service@readingclub.com.tw
麥田部落格：http://ryefield.pixnet.net/blog
麥田出版Facebook：https://www.facebook.com/RyeField.Cite/
香港發行所　城邦（香港）出版集團有限公司
香港灣仔駱克道193號東超商業中心1樓
電話：(852) 2508-6231　傳真：(852) 2578-9337
馬新發行所　城邦（馬新）出版集團【Cite(M) Sdn. Bhd.】
41, Jalan Radin Anum, Bandar Baru Sri Petaling,
57000 Kuala Lumpur, Malaysia.
電話：(603)9056-3833
傳真：(603)9057-6622
E-mail：services@cite.com.my

設　　計　Jupee
電腦排版　宸遠彩藝工作室
印　　刷　前進彩藝有限公司

初版一刷　2023年11月

定價／360元

ISBN：978-626-310-570-6
9786263105829（EPUB）

城邦讀書花園
www.cite.com.tw